W0330406

Aldous Huxley und Christopher Isherwood

Jakob der Heiler

Aldous Huxley
Christopher Isherwood

JAKOB DER HEILER

Eine Originaldrehbuchvorlage

Aus dem Englischen von
Michael Mundhenk

ULLSTEIN

Die Deutsche Bibliothek - CIP-Einheitsaufnahme

Huxley, Aldous:
Jakob der Heiler : eine Originaldrehbuchvorlage /
Aldous Huxley ; Christopher Isherwood. Aus dem Engl.
von Michael Mundhenk. - Berlin : Ullstein, 1998
ISBN 3-550-08268-1

Die englische Ausgabe erscheint im Herbst 1998
bei St. Martin's Press, New York
unter dem Titel *Jacob's Hands*
Copyright © 1998 by Laura and Matthew Huxley,
Executors of the Estate of Aldous Huxley, and by Don Bachardy,
Executor of the Estate of Christopher Isherwood.
All Rights Reserved.
© der deutschsprachigen Ausgabe 1998
Ullstein Buchverlage GmbH & Co. KG, Berlin
Satz: Benens & Co., Berlin
Druck und Verarbeitung: Graphische Betriebe Pößneck GmbH,
Pößneck
Printed in Germany 1998
ISBN 3-550-08268-1

Gedruckt auf alterungsbeständigem Papier
mit chlorfrei gebleichtem Zellstoff

VORWORT

Heilen oder nicht heilen

Das Heilen war für Aldous und mich ein Thema von fortdauerndem Interesse. Gemeinsam erörterten wir die Vielfalt von alten und neuen, von anerkannten und nicht anerkannten, ja sogar von unvertretbaren Heilmethoden.

Aldous erzählte mir, daß sein großer Freund, der moderne Mystiker Krishnamurti, die Fähigkeit zu heilen besaß – jedoch aufhörte, von seiner Gabe Gebrauch zu machen, als er merkte, daß sich körperlich geheilte Menschen in ihrem Gefühls- und Seelenleben oft überhaupt nicht wandelten.

Jahre später erläuterte mir Krishnamurti in einem unerwarteten Gespräch seine erstaunliche Auffassung vom Heilen – zweifellos eine der außergewöhnlichsten Unterhaltungen, die ich je geführt habe. Ich fragte ihn, wie er an das Problem des Alkoholismus herangehe. Mit einer gewissen Nonchalance erklärte er, es komme recht häufig vor, daß Menschen nach ein oder zwei Gesprächen mit ihm zu trinken aufhörten. Auf meine Frage, woran das liege, meinte er, das wisse er nicht. Schnell tat er das Thema ab und verfiel in Schweigen.

Sein Schweigen wurde immer länger und tiefer.

Stumm hielt er mit seinen dunklen, feurigen Augen meinem Blick stand.

Ich weiß nicht, wie lange dieses Schweigen andauerte, aber seine Intensität werde ich nie vergessen. Dann brach es mit überwältigender Leidenschaft aus ihm heraus:

> »Diese Leute, die von Berufs wegen anderen Menschen helfen ... die sind ein Fluch ... Ich bin kein Heiler oder Psychologe oder Therapeut oder irgend so etwas ... Ich bin lediglich ein religiöser Mensch.«[1]

Obwohl Jakob der Heiler eine völlig andere Lebensphilosophie hat, ist auch er ein religiöser Mensch. Heilen oder nicht heilen, das ist die Frage, die ihn quält: soll er alle leidenden Menschen körperlich gesund machen und ihnen die ihm grenzenlos gegebene Energie, die zu übertragen er das Privileg hat, ohne jede Einschränkung zur Verfügung stellen ... soll er zuerst den Körper heilen oder sich der Seele annehmen?

Für Jakob ist dies ein echtes Dilemma, denn er ist nicht nur ein überzeugter Anhänger der Pfingstbewegung, sondern hat auch bereits miterleben müssen, wie zwei Menschen, die er körperlich geheilt hatte, seelisch überhaupt keinen Nutzen davon hatten. Und so grübelt er: soll sich ein Heiler für die Heilung der Seele entscheiden — oder für die des Körpers? Und existieren Körper und Seele überhaupt getrennt voneinander?

Wählte Jesus diejenigen, die er heilte, entsprechend ihrer seelischen Verfassung aus? Jesus, der

1 Siehe Laura Huxley, »This Timeless Moment: A Personal View of Aldous Huxley«, New York: Farrar, Straus & Giroux, 1968

Aldous Huxley

verkündete: »Richtet nicht, auf daß ihr nicht gerichtet werdet.« Diese und andere Fragen gehen mir durch den Kopf, wenn ich über »Jakob der Heiler« nachdenke.

Die Wiederentdeckung dieser Lehrgeschichte ist der intellektuellen Neugier von Ms. Sharon Stone zu verdanken, die in den Tagebüchern Christopher Isherwoods[2] von dessen Zusammenarbeit mit Aldous an einer Drehbuchvorlage las und sich auf die Suche danach machte. In einer nur selten durchstöberten Kiste voller wertvoller Andenken entdeckte ich daraufhin das vergilbte Manuskript von »Jakob der Heiler«, das Christopher uns nach dem Feuer geschickt hatte, dem unser Haus und unser gesamtes Hab und Gut 1961 zum Opfer gefallen waren – einzig und allein das Brennholz für den Kamin war verschont geblieben.

In »Jakob der Heiler« regen die Autoren zu Fragen an, stellen Dilemmas dar, bringen rätselhafte Dinge zur Sprache, denen ich ins Gesicht sehe, die zu beantworten, zu klären oder zu entwirren ich jedoch nicht bereit bin. Ist es außerdem nicht auch möglich, daß Aldous und Christopher mittlerweile Antworten und Lösungen gefunden haben, die sich zu ihren Lebzeiten ihrer Kenntnis entzogen?

Außerdem frage ich mich auch, ob sie nicht schon die gewaltigen Veränderungen vorwegnahmen, die sich vom »Handauflegen« der vierziger Jahre bis hin zu den verschiedenartigen Methoden der heutigen Ganzheitsmedizin vollzogen haben. Damals be-

2 Christopher Isherwood, »Diaries: Volume One«, London: Methuen, 1996; New York: HarperCollins, 1996.

CHRISTOPER ISHERWOOD

schränkte sich das Heilen durch Berührung im allgemeinen auf den religiösen Bereich und wurde von Menschen praktiziert, die man als fundamentalistische Eiferer betrachtete. Heutzutage gibt es zweihundert amerikanische Krankenhäuser, an denen das therapeutische Handauflegen allgemein praktiziert wird. Es ist zu einer komplexen Heilmethode ausgereift und wird von speziell ausgebildeten, dem Kodex ihrer Standesorganisation unterliegenden Heilpraktikern angewandt.

Wichtiger noch, das Gebiet der Heilkunde hat generell explosionsartig an Umfang zugenommen und umfaßt nicht nur Wunderheilungen, sondern Heilverfahren aus den mannigfaltigsten Kulturen und Religionen, bei denen mit verschiedenen Bewußtseinszuständen gearbeitet wird. Es schließt jetzt Meditation, Musik, Bewegung, Rituale, strukturierte Übungen sowie unerklärliche spontane Vorkommnisse mit ein.

Die Frage, ob man heilen oder nicht heilen sollte, stellt sich also nicht mehr. Heute lautet die Frage: Für welche Schule, für welches Seminar, für welchen Workshop soll ich mein Geld ausgeben? Welche Heilmethode ist für mich am besten geeignet?

Schon ein kurzer Blick in meine Post zeigt mir, was für ein beeindruckend großes Angebot es da gibt: *Heilende Reisen nach innen, Schule des Heilens, Eine Reise in die Selbstheilung, Heilungsprozesse, Heilen als Beruf, Geschichten, die heilen, Heilende Lebensfreude, Spontanes Heilen, Psychedelisches Heilen, Fernheilung, Heilende Klänge, Grenzenloses Heilen* ... und vieles mehr.

Es ist ganz natürlich, daß es eine derartige Vielfalt an Heilmethoden gibt, denn die Welt des Heilens umfaßt einfach alles: von der Operation bis zu einem Spaziergang auf dem Lande, von einer Pille bis zu einem Gedicht, von der wissenschaftlichen Entdeckung bis zu einem Orgasmus, von einem gutgekochten Risotto bis zu einer mystischen Erfahrung, von der Orthodoxie bis zur Freiheit von der Orthodoxie, von einem Gebet bis zu einem Geldgeschenk – die Welt des Heilens ist wundervoll und grenzenlos, immanent und transzendent. In ihr verschmelzen Lebensenergie und Herzensgüte.

Für viele offenbart die Erfahrung des Geheiltwerdens die Einheit von Körper und Seele. Die Beziehung zwischen dem Körperlichen und dem Seelischen ist schon jahrhundertelang, in Tausenden von Büchern, erörtert worden. In nur vier Zeilen voller dichterischer Erkenntnis verdeutlicht uns der visionäre Mystiker William Blake in präzisen und lichtvollen Formulierungen die körperlich-seelische Einheit in dieser Zeitlichkeit:

Der Mensch hat keinen von seiner Seele getrennten Körper;
denn was Körper genannt wird, ist ein Teil der Seele,
erspäht von den fünf Sinnen,
den Haupteingängen der Seele in dieser Zeitlichkeit.[3]

Laura Huxley
1998

3 William Blake, »Die Hochzeit von Himmel und Hölle«, in »Zwischen Feuer und Feuer«, Übers. Thomas Eichhorn, München: Deutscher Taschenbuch Verlag, 1996.

PROLOG

Ein Auto fährt an den Ausläufern der San Gabriel Mountains entlang durch die Mojavewüste.

Schon bald verläßt es die Landstraße und biegt auf einen holprigen und staubigen Fahrweg ab. Die Abhänge sind mit phantastisch geformten Yuccabäumen übersät, die bewegungslos aufragen. Weiter oben stehen Wacholderdickichte.

Der von Regengüssen tief zerfurchte Weg wird zunehmend schlechter. Er windet sich durch eine Talenge und steigt dann zu einer über dem Cañon gelegenen Hochebene an. Die Ebene ist bewirtschaftet. Es gibt Obstbäume, die zu dieser Jahreszeit jedoch keine Blätter tragen.

Der Wagen hält vor einem Gatter. Der Fahrer, ein Mann Ende Dreißig, lehnt sich aus dem Fenster und ruft:

»Wohnt hier ein Mr. Ericson?«

(Wenn gewünscht, kann dieser Mann die Uniform eines Offiziers der U.S. Armee tragen. Dies, sowie eine Reihe anderer Details, soll verdeutlichen, daß die Handlung des Prologs in der Gegenwart spielt.)

Auf der anderen Seite des Gatters blickt ein Mann mittleren Alters von dem Bienenkasten, über den er gebeugt stand, auf. Da er den Schleier und die Handschuhe eines Bienenzüchters trägt, ist sein Gesicht nicht zu erkennen. Er tritt ans Gatter und öffnet es gemächlich.

»Ich glaube, Jakob füttert gerade die Hühner.« Seine freundliche und gutmütige gedehnte Sprechweise verrät, daß er ein Neger ist.

Überall an ihm krabbeln Bienen herum. Ein paar fliegen von seinen Armen auf, und eine verirrt sich in den Wagen. Neben dem Fahrer sitzt eine gutgekleidete, noch immer attraktive Frau, deren Make-up jedoch nicht verbergen kann, daß sie ihre Jugend bereits hinter sich hat.

Gereizt schlägt sie nach der Biene.

»Jag sie raus! Tu doch was!« schreit sie ihren Begleiter an. Ihre Stimme verrät eine an Hysterie grenzende Nervosität. Einen Augenblick später fliegt die Biene von allein aus dem Fenster.

»Sei doch nicht so albern, Mary!« ruft der Mann wütend. Er hat anscheinend genauso schlechte Nerven wie sie.

Erbost schließt er das Fenster und fährt weiter den Weg hinauf. Auf einer Anhöhe hinter den Bäumen taucht ein ungestrichenes, verwittertes altes Haus auf, fast schon ein Trümmerhaufen.

»Du könntest wenigstens vor fremden Leuten anders mit mir reden«, sagt die Frau verärgert. »Kennst du denn überhaupt keine Rücksicht? Und außerdem warst du es, der ihn zum Gatter gerufen hat, während er über und über mit Bienen bedeckt war.«

»Meine Güte, hör doch bloß endlich auf!«

Deutlich ist eine tiefsitzende Verstimmung zwischen diesen beiden Menschen zu spüren.

Der Wagen hält vor dem Haus. Die beiden steigen aus. Die Frau nimmt einen neben ihr auf dem Sitz stehenden runden Korb, in dem unter einer Decke ein brauner, offensichtlich sehr kranker Zwergspitz liegt. Sie schlägt die Decke zurück und betrachtet das kleine Tier. Ihr angespanntes, wütendes Gesicht bekommt einen zärtlichen Ausdruck.

»Arme kleine Topsy!«

Sie folgt dem Mann hinter das Haus. Hier, in einem windschiefen Drahtkäfig, umgeben von Hühnern, denen er Mais zuwirft, steht ein großer, kräftig gebauter Mann Mitte Fünfzig. Sein Gesicht ist braungebrannt, wettergegerbt und tief gefurcht; unter buschigen Brauen blicken sehr helle Augen hervor.

»Sie müssen Mr. Ericson sein, stimmt's?«

»Ja, ich bin Ericson«, sagt der große Mann. Er spricht langsam und deutlich, mit einer tiefen, leisen Stimme. Sein Äußeres sowie seine Bewegungen vermitteln den Eindruck von ruhiger Souveränität und Kraft. Die Frau spürt dies sofort. Sie wird viel freundlicher, sogar ein wenig kokett.

»Also, es war wirklich nicht einfach, Sie zu finden! So versteckt, wie Sie hier oben in den Bergen wohnen, meilenweit von irgendeiner Ortschaft entfernt! Ich hoffe sehr, daß Sie uns helfen können – wir haben sicher den letzten Tropfen unserer Benzinration verbraucht, aber wir mußten einfach herkommen, nicht wahr, Allan? Ach ja, das hier ist mein Mann –«

Jakob Ericson nickt dem anderen Mann freundlich und gemessen zu.

»Und das ist unser Hündchen«, fährt die Frau fort. »Der Tierarzt meinte, er könne ihr nicht mehr helfen. Und dann haben uns unsere Freunde, die Hiltons, von Ihnen erzählt. Sie sind letzten Monat hier gewesen. *Der* Mr. Hilton, wissen Sie. Der Präsident der Hilton National Bank.«

Ericson schaut verständnislos drein. Offensichtlich hat er keine Ahnung, von wem sie redet.

»Ihr Cockerspaniel war von einem Auto angefahren worden. Die beiden meinten, Sie hätten ein Wunder vollbracht.«

»Ja«, meint Ericson trocken, »an den Hund kann ich mich erinnern.«

Er tritt aus dem Hühnerkäfig und nimmt der Frau den Korb ab. Er zieht die Decke zurück und legt mit erstaunlicher Sanftheit seine große knotige Hand auf den winzigen Hund.

Die Frau sieht ihm besorgt zu. »Wir hätten schon eher kommen sollen. Glauben Sie, daß es zu spät ist?«

Ericson antwortet nicht gleich. Er untersucht den Hund, der schlapp daliegt und ihn mit fiebrig glänzenden Augen anblickt.

»Nein«, sagt er nach einer längeren Pause. »Nein. Es ist nicht zu spät.«

Das Ehepaar sieht ihn fasziniert an, während er sich auf eine Bank neben dem Haus setzt. Er nimmt den kleinen Hund aus dem Korb, hält ihn in den Händen und betrachtet ihn genau. Dann legt er ihn auf seine Knie und streicht mit langsamen, rhythmischen Handbewegungen über den kleinen Tierkörper. Sein Blick wird abwesend und richtet sich irgendwie nach innen; man spürt, daß jetzt all seine Sinne in den großen, feinfühligen Händen konzentriert sind.

»Was meinen Sie denn, was sie haben könnte?« Die Frau kann offensichtlich nicht lange still sein. »Der Tierarzt hat uns irgendeinen lateinischen Begriff genannt.«

Ericson antwortet nicht, blickt jedoch kurz auf und lächelt ihr überraschend liebenswürdig, heiter und beruhigend zu. Während er fortfährt, mit den Händen über den Hund zu streichen, herrscht Schweigen.

»Es muß einfach wundervoll sein, die Gabe des Heilens zu haben«, sagt die Frau überschwenglich.

»Meinen Sie?« Ericson stellt diese Frage in einem ernsten, aber ironischen Ton, blickt dabei jedoch nicht auf.

»Aber ja – ganz gewiß! Wenn man soviel Gutes in der Welt tun kann!«

»Heilen Sie lediglich Tiere?« fragt der Mann.

»Manchmal auch Kinder. Aber nur kleine.«

»Und keine Erwachsenen?«

Ericson schüttelt langsam den Kopf. »Jetzt nicht mehr.«

»Und warum nicht?« hakt die Frau nach.

»Warum nicht?« Ericson blickt zu ihnen auf. Dann, nach einer Pause, sagt er abrupt: »Lesen Sie doch die Bibel. ›Welches ist leichter: zu dem Gichtbrüchigen zu sagen: Dir sind deine Sünden vergeben, oder: Stehe auf, nimm dein Bett und wandle?‹«

»Das verstehe ich nicht«, erklärt die Frau. »Es ist doch bestimmt nichts Schlimmes dabei, wenn man

Leute heilt, oder? Da kann doch nichts Schlimmes dransein –«

Ericson antwortet nicht. Er streicht weiterhin mit den Händen über den Hund. Die Kamera fährt auf ihn zu, zeigt sein tief in Gedanken verlorenes und anscheinend bekümmertes Gesicht in Großaufnahme. Seine Lippen bewegen sich. Er murmelt vor sich hin: »Ja – welches ist leichter ...«

Teil Eins

Die Zeit: ungefähr 1920. Der Ort: eine kleine Ranch, ebenfalls in der Mojavewüste gelegen, aber in der Ebene, ein paar Kilometer vor den Bergen. Dort steht, im Schatten von Balsampappeln, ein zweistöckiges Holzhaus mit Scheunen, Kuhstall und Hühnerstall. Etwas weiter entfernt befindet sich eine aus einem einzigen Raum bestehende Hütte für den Tagelöhner.

Die Ranch gehört Professor Carter, einem Mann um die Fünfzig, groß, etwas gebeugt, schmalbrüstig und sehr dürr. Chronisches Asthma hat ihn vor einigen Jahren dazu gezwungen, seine Stelle an einem College im Mittelwesten aufzugeben und sich hier in der Wüste niederzulassen. Er ist permanent angespannt und nervös, pathologisch reizbar und streitsüchtig. Gern beklagt er die Dekadenz der modernen Welt und bricht den Stab über der jüngeren Generation wegen ihres mangelnden Idealismus und fehlenden öffentlichen Engagements. Dabei ist er jedoch blind für seine eigene enorme Selbstsucht. Er gehört zu jenen kranken Menschen, die ihre echten oder eingebildeten Leiden dazu benutzen, ihren Willen durchzusetzen.

Mrs. Carter ist bereits vor einigen Jahren gestorben, und so führt ihm seine Schwester, Miss Annie

Carter, den Haushalt. Sie ist ein oder zwei Jahre älter als ihr Bruder, drahtig und geschäftig; eine herrschsüchtige alte Jungfer mit einer fast schon manischen Leidenschaft für Ordnung und Sauberkeit – welche für sie nicht gleich nach der Gottesfürchtigkeit kommen, sondern weit darüber stehen.

Der Professor hat nur ein Kind, eine Tochter. Sharon Carter ist neunzehn, sehr hübsch und lebhaft, aber aufgrund einer Kinderlähmung verkrüppelt, so daß sie nur an Krücken gehen kann. Sie lebt mit ihrem Vater und ihrer Tante in einem Zustand latenter Rebellion, da sie es ihnen übelnimmt, daß sie von beiden wie ein eher lästiges Kind behandelt wird, und sehnt sich danach, in die Welt hinaus zu entfliehen, die sie sich in ihrer Phantasie in den romantischsten Farben ausgemalt hat.

*

Die Sequenz beginnt mit einer Großaufnahme von Jakob Ericsons Gesicht, das jedoch um zwanzig Jahre verjüngt ist. Mit Dreißig ist Jakob ein reifer, gutaussehender Mann, kräftig und muskulös. Aber hinter diesem stattlichen Äußeren wohnt ein in sich selbst zurückgezogener, friedliebender Geist: schwermütig, schweigsam und schüchtern (besonders bei Frauen). Er fühlt sich nur in der Gesellschaft von Tieren richtig wohl, für die er viel Verständnis und große Zärtlichkeit empfindet. Seine Erfahrungen während des Krieges, aus dem er verstört und verwundet zurückgekehrt war, haben ihn der Welt der Menschen irgendwie entfremdet.

Er steht an der Kreuzung zweier staubiger Straßen mitten in der Wüste neben einem Briefkasten. Sein Pferd knabbert nahebei an einem Busch. Ein hölzerner Pfeil, auf den die beiden Worte »Carter Ranch« gepinselt sind, ist an dem Briefkastenpfosten befestigt und zeigt eine der beiden Straßen hinunter. Er nimmt ein Bündel Briefe aus dem Kasten und steckt sie sich in die Tasche. Dann steigt er wieder auf sein Pferd und reitet zur Ranch zurück.

Vom Briefkasten bis zur Ranch der Carters sind es knapp zwei Kilometer. Als Jakob sich ihr auf dem staubigen Weg nähert, sieht er Sharon Carter neben dem Gatter stehen. Sein Gesicht leuchtet auf in verhaltener Freude. Man sieht sofort, daß er heftig in sie verliebt ist, allerdings auf respektvolle Distanz. Sie ist einfach wunderbar, steht weit über ihm. Für ihn ist sie fast schon ein übermenschliches Wesen.

Sharon wäre vielleicht nicht ganz so unerreichbar, wenn Jakob es ihr gestatten würde. Sie ist sich seiner Bewunderung völlig bewußt und genießt sie. Er gefällt ihr, er ist weit und breit der einzige annehmbare Mann. Aber er ist so schüchtern. Und außerdem sind sie sich schon fast zu vertraut. An ihrer Beziehung gibt es so gar nichts Aufregendes.

Als er herangeritten kommt, lächelt sie.

»Hallo, Jakob. Ich hab' schon auf dich gewartet.«

»Wirklich?« Er errötet vor Freude. »Brauchen Sie irgend etwas?«

Sharon zeigt auf den Mandelbaum neben dem Gatter.

»Guck mal, Jakob. Die ersten Blüten. Kommst du da ran?«

Jakob lehnt sich seitwärts aus dem Sattel und biegt den großen Ast mühelos nach unten, so daß die Blüten fast den Boden vor ihr berühren. Aber sie beachtet sie überhaupt nicht. Sie lächelt ihn ziemlich herausfordernd an.

»Meine Güte, bist du stark! Es macht richtig Spaß zuzusehen, wenn du deine Muskeln spielen läßt.«

Jakob weiß nicht, was er davon halten soll. Er will sich nicht eingestehen, daß in ihrem Blick etwas Einladendes liegt. Deshalb sagt er sich, daß sie sich nur über ihn lustig macht. Er errötet und schweigt. Sharon pflückt einige Blüten ab und steckt sie sich ins Haar.

»Irgendwelche Post für mich?« fragt sie mit gespielter Beiläufigkeit.

Er reicht ihr alles hinüber, was in seiner Tasche ist, und sie sieht die Briefe durch, während er in stummer, hündischer Ergebenheit neben ihr steht.

»An Professor Carter aus New York. An Professor Carter von der University of California. An Miss Annie Carter. Professor, Professor, Professor. Und das *Journal für Hispanische Philologie*. Wie aufregend.« Sharons Ton wird immer bitterer. »Noch was für Tante Annie aus Chicago; für Tante Annie aus Minneapolis ... Ah, an Miss Sharon Carter!« Ihr Gesicht leuchtet auf, aber dann verzieht sie es angewidert zu einer Grimasse. »Vom Sears Roebuck-Versandhaus!« In einer Art wütendem Selbstmitleid seufzt sie auf.

»Und dir macht es nichts aus, daß du nie Post bekommst?« fragt sie Jakob.

Jakob schüttelt den Kopf. In seiner Familie würden keine Briefe geschrieben. Und überhaupt, was gäbe es von einer Farm in Kansas schon groß zu berichten? Außerdem sei seine Mutter tot, und sein Alter Herr habe wieder geheiratet und habe eine ganz neue Familie. Deshalb sei er ja auch nach Kalifornien gekommen.

»Von der Prärie in die Wüste«, ruft Sharon ironisch aus. »Was für eine gewaltige Veränderung! Warum bist du denn nicht nach Frisco oder Los Angeles gegangen, wo du schon mal unterwegs warst?«

Auf seine schwerfällige, wenig wortgewandte Art und Weise erklärt Jakob ihr, daß er Städte nicht mag. Während des Krieges habe er Fronturlaub in New York gehabt. Das sei schlimm genug gewesen. Aber nicht so schlimm wie Paris.

»Paris!« wiederholt sie verzückt.

Während Paris für ihn lediglich eine lärmende, stinkende Großstadt ist, wo kein Wort Englisch gesprochen wird und man weder Pfannkuchen noch Ahornsirup bekommt, ist es für Sharon der Ort, an dem man als Opernsängerin den Gipfel des Ruhms erreichen könnte. Sie hat eine hübsche Stimme und den Ehrgeiz, damit Karriere zu machen – in die Welt hinauszuziehen und eine große Sängerin zu werden. Doch wer hat schon jemals von einer großen Sängerin an Krücken gehört?

Ihre Verbitterung geht Jakob sehr nahe. Er kann nichts tun, um ihr zu helfen. Er weiß, daß sie die Wüste und ihr Leben bei den Carters haßt. Sie sehnt sich danach, von ihnen wegzukommen – und von ihm wahrscheinlich auch. Sie läßt sich nur deshalb dazu herab, sich mit ihm zu unterhalten, sagt er sich, weil es hier niemand anders gibt. Und er nimmt an ihrer Haltung auch keinen Anstoß. Für ihn ist es vollkommen natürlich und richtig, daß sie alles haben sollte, was sie sich wünscht; und es steht für ihn außer Zeifel, daß sie berühmt werden könnte, wenn sie nur die Gelegenheit dazu bekäme.

»Kannst du dir vorstellen«, fährt sie voller Selbstekel fort, »wie ich mit meinem gelähmten Bein auf einer Bühne stehe? Da würde doch das ganze Publikum lachen.«

»Ich würde nicht lachen«, sagt Jakob in aller Aufrichtigkeit. »Ich würde überhaupt nicht an Ihr Bein denken. Ich würde Ihrer Stimme lauschen und in Ihr Gesicht blicken.«

Sharon ist tief gerührt. Jakob ist wirklich lieb, denkt sie.

»Wenn Sie einfach nicht an Ihr Bein denken würden«, fährt er fort und ist plötzlich in der Lage, seine tiefsten Regungen auszudrücken, »dann würden die anderen das auch nicht tun. Drüben auf der Blue Star Ranch, da ist ein Hund, der letzten Herbst verletzt wurde. Der sitzt auch nicht irgendwo in einer Ecke und sagt: ›Ich bin ein Krüppel.‹ Der läuft mit den anderen herum, so gut er kann –«

Als ihm klar wird, daß seine Bemerkungen eine Kritik an Sharons Einstellung zum Leben darstellen, hält er abrupt inne. Aber Sharon ist nicht verstimmt. Es gibt Augenblicke, so wie gerade jetzt, wo sie spürt, daß Jakob nicht bloß irgendein Tölpel, ein Kuhhirt, ein dummer Farmjunge ist. Auch er besitzt Menschenwürde, hat seine eigene Lebensphilosophie. Vielleicht steckt in ihm mehr, als sie alle denken. Dann schüttelt sie traurig den Kopf.

»Du würdest nicht lachen, Jakob. Das weiß ich. Du bist anders. Du bist nicht wie die Leute in den Städten. Die sind so – kultiviert.«

»Ich bin nicht sehr gebildet«, stimmt Jakob ihr nachdenklich zu. »Aber ich finde auch nicht, daß Leute, die an allem etwas auszusetzen haben, deswegen gleich schlau sind.«

Sharon seufzt und meint, sie müsse jetzt gehen und ihrem Vater die Post bringen. Jakob steigt wieder auf sein Pferd, und als sie ihn fragt, wo er hinreite, erklärt er ihr, daß er zwei Kälber suchen müsse, die mit Pearces Rindern mitgezogen seien. Wenn er sie jetzt nicht zurückbringe, dann würden sie in der Wüste umherirren. Er reitet los. In sich hineinlächelnd, blickt Sharon ihm nach, bis er außer Sicht ist. Wie immer hat ihre Unterhaltung mit Jakob irgendwie ihre Stimmung gehoben. Sie weiß kaum warum. Er ist nun einmal so. Irgendwie schafft er es immer, sie zu trösten.

Sharon dreht sich um und geht an ihren Krücken zum Haus zurück. Sie überquert die Eingangsveranda und betritt das Wohnzimmer, wo ihr Vater am Tisch sitzt, ein dickes Buch liest und sich Notizen auf Karteikarten macht, die er von Zeit zu Zeit in einen Kasten steckt. Er trägt einen Überzieher, obwohl in dem Zimmer ein großer Ofen steht.

Als die Tür aufgeht, blickt er ruckartig auf und zieht sich den Mantel enger um die Brust.

»Mach doch die Tür zu!« ruft er unwirsch.

Sie tut wie geheißen; dann legt sie die Briefe auf den Tisch.

»Hier ist deine Post, Vater«, sagt sie, und in dem

Bemühen, einmal besonders nett zu ihm zu sein, hält sie ihm den Zweig mit den Mandelblüten hin.

»Sind sie nicht herrlich? Die ersten dieses Jahr.«

Aber statt den Duft einzuatmen, schlägt ihr Vater ihr die Blüten aus der Hand. Wolle sie mit diesem dreckigen Blütenstaub etwa einen Asthmaanfall bei ihm auslösen? Und außerdem zöge es – warum könne sie bloß die Tür nicht richtig zumachen? Er schlägt den Mantelkragen hoch und bekommt einen Hustenanfall.

Sharons fröhliche Begeisterung ist erloschen; sie humpelt zur Tür zurück und schließt sie.

»Entschuldigung«, sagt sie, aber es klingt recht widerwillig.

Professor Carter macht einige Bemerkungen über die gedankenlose Selbstsucht der jungen Menschen und widmet sich dann wieder seiner Lektüre.

Sharon zieht ihre Jacke aus und geht zum Klavier hinüber.

»Würde es dich stören, wenn ich übe?« fragt sie.

»Nein, nein. Mach ruhig«, sagt der Professor mit der Miene eines Märtyrers. Als sie zu spielen und zu singen beginnt, zieht er einen Bausch Watte aus der Tasche und stopft sich damit die Ohren zu.

In der Küche sind Stimmen zu hören; kurz darauf steckt Miss Carter den Kopf durch die Tür und ruft ihren Bruder. Beim ersten Mal hört er sie nicht, weshalb sie ihn noch einmal rufen muß. Er blickt auf, nimmt sich die Watte aus den Ohren und fragt, was sie wolle.

»Tom Pearce von der Tillman Ranch ist hier«, sagt sie.

Professor Carter geht in die Küche. Tom Pearce, der Vormann von der nahe gelegenen großen Rinderranch, erklärt sein Anliegen. Er sei herübergekommen, um sich das kranke Kalb in der Scheune des Professors anzusehen. Hinterbeine gelähmt, hohes Fieber, Kollaps – es bestehe eigentlich kein Zweifel. Ein klarer Fall von Rauschbrand oder Schwarzer Keule, wie es die Rinderzüchter nennen. Was Pearce beunruhigt, ist die Tatsache, daß zwei seiner eigenen Kälber auch schon verdächtige Symptome erkennen lassen.

Sharon, die in die Küche gekommen ist, um der Unterhaltung zuzuhören, fragt, ob die Krankheit tödlich sei, und erfährt, daß das Kalb mit Sicherheit innerhalb von zwei Tagen sterben werde. »Armer Jakob!« ruft sie aus, denn für ihn ist dieses Kalb fast ein Haustier. Es bräche ihm das Herz, wenn dem Kalb irgend etwas zustöße.

Auf diese Bemerkung hin hält ihr der Professor einen weiteren Vortrag, um sie daran zu erinnern, daß diese Art von Sentimentalität oft eine Form von Grausamkeit sei. Das Tier müsse sofort von seinem Leiden erlöst werden. Als er zufällig einen Blick aus dem Fenster wirft, sieht er Jakob, der gerade mit den Rindern zurückkommt. Er sagt Sharon, sie solle ihm auftragen, das Kalb sofort zu töten.

Sharon geht hinaus und ruft Jakob, der vom Pferd absteigt und zu ihr herüberkommt. Sie erzählt ihm, was Pearce gesagt hat, und gibt die Anweisung ihres Vaters weiter. Jakob sieht derart unglücklich aus, daß sie ihm instinktiv eine Hand auf den Arm legt, um ihn zu trösten, aber er scheint sie kaum wahrzunehmen.

»Das tut mir furchtbar leid, Jakob«, sagt sie. »Ich wünschte, wir könnten etwas dagegen tun.«

Jakob wendet sich abrupt von ihr ab. In seinen Augen stehen Tränen. Sie geht ins Haus zurück.

Jakob bindet sein Pferd an und begibt sich in den Stall, wo das kranke Kalb im Stroh liegt. Er kniet neben ihm nieder und beginnt, ihm mit leiser Stimme zuzureden.

»Du wirst nicht sterben«, wiederholt er immer wieder. »Ich werde dich nicht sterben lassen. Ich werde es nicht zulassen.«

Die Intensität seiner Empfindungen läßt ihn erbeben; die Hände, mit denen er das kranke Tier streichelt, zittern. Dann ballt er die Fäuste und gibt sich große Mühe, die Fassung wiederzugewinnen. Als er sich beruhigt hat, legt er erneut die Hände auf das Kalb. »Ich werde dich nicht sterben lassen«, murmelt er immer wieder vor sich hin, während er über den Körper des Kalbes streicht.

Plötzlich bewegt sich das Tier ein wenig und rappelt sich einen Augenblick später hoch. Im Stroh kniend, starrt Jakob es mit erstaunten Augen an.

Das Kalb beginnt zu blöken. Jakob steht auf, tritt aus dem Stall, gießt aus einem Eimer etwas Milch in eine Blechschüssel und kommt zurück. Er taucht den Finger in die Milch und läßt das Kalb daran saugen. Das wiederholt er zwei- oder dreimal und bringt das kleine Tier dann schließlich dazu, direkt aus der Schüssel zu trinken.

Währenddessen hört man draußen Stimmen. Die Stalltür öffnet sich, und Tom Pearce und Sharon stehen auf der Schwelle.

Pearce will seinen Augen nicht trauen und fragt Jakob aus. Was ist da vorgegangen? Wie hat er das geschafft? Jakob kann ihm keine vernünftige Antwort geben. Er habe das Kalb lediglich gestreichelt und dann sei es aufgestanden und habe angefangen, nach Milch zu blöken.

Am nächsten Tag bringt Pearce in einem Pritschenwagen seine eigenen kranken Kälber zur Carter Ranch. Er wird von einem kleinen Jungen begleitet, der eine Promenadenmischung mit einem geschienten Bein im Arm hält. Die Nachricht von der Wunderheilung hat sich schnell herumgesprochen, und neugierige Nachbarn sehen Jakob dabei zu, wie er sämtliche Tiere mit Erfolg behandelt. Der kleine Junge ist außer sich vor Freude. Pearce bietet Jakob Geld für seine Dienste an, aber Jakob lehnt ab. »Ich selbst tue ja gar nichts«, wiederholt er immer wieder. »Irgend etwas ergreift von mir Besitz. Und dann spüre ich, wie es mich durch meine Hände wieder verläßt.«

Professor Carter und seine Schwester betrachten das alles mit Mißtrauen und Mißbilligung. Miss Annie findet es äußerst eigenartig – vielleicht sogar unchristlich. Der Professor ist davon überzeugt, daß es sich dabei entweder um einen Schwindel oder um die schlimmste Art von unwissenschaftlichem Aberglauben handelt. Er nimmt Pearce beiseite und fragt ihn um Rat. Hält er es für gefährlich, einen Mann wie Jakob weiterhin bei sich zu beschäftigen? Sollte der Bursche nicht auf der Stelle entlassen werden?

Pearce beruhigt ihn. Jakob, meint er, sei ein ehrlicher Kerl, und egal, ob das jetzt Wissenschaft oder Aberglaube ist, es sei nun einmal eine Tatsache, daß manche Leute die Gabe des Heilens besäßen. Er selbst hätte einmal einen alten Indianer gekannt, der Rheumatismus heilen konnte.

Sharon hält sich in dem ganzen Trubel und auch während dieser Unterhaltung im Hintergrund und hört und sieht bloß zu. Ihr Gesicht ist angespannt und blaß vor Aufregung, als machten ihr ihre eigenen Gedanken ein wenig Angst.

An diesem Abend sitzt Jakob in seiner Hütte und flickt im Schein einer Kerosinlampe seinen Sattel. Ein zahmes Eichhörnchen – auch eins seiner Haustiere – klettert auf ihm herum, verschwindet in seiner Jackentasche und taucht mit einer Erdnuß auf, die es zu knabbern beginnt, während es auf seiner Schulter hockt.

Es klopft ans Fenster. Jakob blickt auf und sieht Sharon. Er öffnet die Tür. Ihm ist dieser späte Besuch eindeutig peinlich, und er ist sicher, daß er einen dringenden Grund haben muß.

»Ist im Haus irgend etwas passiert?« fragt er.

»Nein. Nichts. Laß mich rein. Ich muß mit dir reden.«

Sharon befindet sich in einem Zustand großer emotionaler Anspannung. Sie hat einen dramatischen Entschluß gefaßt und nimmt kaum Notiz von Jakobs Bemühungen als Gastgeber. Mit dem Ärmel wischt er den Staub vom Stuhl und entschuldigt sich mehrmals dafür, daß die Hütte so unaufgeräumt sei. Sie humpelt in die Mitte des Raums und setzt sich. Es herrscht ein erwartungsvolles Schweigen. Dann wendet sie sich Jakob zu; sie spricht schnell und mit bebender Stimme, als stelle sie ihm ein Ultimatum:

»Jakob, du mußt mir helfen. Ich habe dir zugesehen. Ich weiß, daß du es kannst. Du mußt mich heilen!«

Er starrt sie mit offenem Mund an. »Sie heilen?«

»So wie du es bei den Tieren gemacht hast.«

»Aber – aber das war was ganz anderes.«

»Warum ist das etwas anderes?« fragt Sharon, fast schon in heftigem Ton.

Stammelnd versucht Jakob, es ihr zu erklären: Tiere sind Tiere. Sie tun einem einfach leid, weil sie so hilflos sind. Und man spürt, wie abhängig sie von einem sind – daß sie einen mögen und daß man sie auch mag.

»Magst du *mich* denn nicht, Jakob?«

In höchster Verlegenheit wendet er den Blick ab. Aber Sharon hat in ihrer großen Not keine Zeit für Koketterie und Getue.

»Magst du mich denn nicht – mehr als alles auf der Welt?«

Er blickt auf und dreht den Kopf weg.

»Natürlich mag ich Sie, das wissen Sie doch ganz genau!« platzt er heraus.

»Dann mußt du mir auch helfen!« ruft sie triumphierend aus.

Er zögert immer noch. Er murmelt etwas davon, daß er nicht wisse wie.

»Knie dich hin«, fordert sie ihn gebieterisch auf und zeigt auf den Boden neben ihrem Stuhl.

Verlegen tut er wie geheißen.

»Und jetzt tu es. Tu, was du mit dem Kalb getan hast.«

Er zögert immer noch.

»Nimm meinen Fuß. Nimm ihn in deine Hände.«

Aber er kann es nicht. Etwas hält ihn zurück. Er zittert am ganzen Körper.

»Was ist denn los?« ruft sie erbittert und verzweifelt. »Willst du meinen Fuß etwa nicht anfassen? Weil er so häßlich ist?«

Jakob stöhnt auf vor lauter Qual und Zärtlichkeit. Er beugt sich herab und berührt den armen, verunstalteten Knöchel mit den Lippen.

»Jakob«, sagt sie flehend, »mach ihn heil. Ich weiß, daß du es kannst, wenn du es nur wirklich willst. Ich habe Vertrauen zu dir, selbst wenn du keins hast. Es *muß* doch möglich sein ... Ich will wieder gehen können. Ich will rennen und tanzen können. Ich will wie die anderen sein. Tu es für mich, Jakob ...«

Langsam hebt er seine großen Hände. Einen Augenblick verharren sie über ihren Füßen; dann umschließen sie sie ganz sanft.

Sharon macht die Augen zu. Sie versucht sich zu entspannen, sich vollkommen seinem Willen auszuliefern und so seine Bemühungen zu unterstützen.

Jakob beginnt, mit den Händen über den verkrüppelten Fuß zu streichen.

»Laß sie nicht mehr humpeln«, murmelt er. »Sie wird gesund werden. Sie wird stark und gesund werden ...«

Und auch Sharon murmelt mit geschlossenen Augen: »Ich werde gesund werden, ich weiß es. Ich werde gesund werden ...«

Dann schweigen sie beide; nur Jakobs Hände bewegen sich.

Schließlich hört er auf. Er scheint erschöpft zu sein, als habe er eine schwere seelische Krise durchgemacht.

»Versuchen Sie jetzt zu gehen«, sagt er, fast im Flüsterton.

Langsam und vorsichtig erhebt sich Sharon von ihrem Stuhl und versucht zu stehen. Ihr Gesicht leuchtet auf, als spüre sie eine neue Kraft in dem verkümmerten Bein. Ein Freudenschrei löst sich von ihren Lippen. Sie macht einen Schritt nach vorn.

Dann gibt der verkrüppelte Fuß unter ihr nach, und sie muß sich an Jakobs Arm festhalten, um nicht zu stürzen. Ihr Gesicht verzerrt sich. Sie wimmert vor Schmerzen.

Die beiden blicken sich an. Jakob wendet die Augen ab.

»Es tut mir leid«, murmelt er.

Sharon nimmt ihre Krücken.

»Es ist schon spät«, sagt sie mit tonloser Stimme. »Es ist wohl besser, wenn ich jetzt gehe.«

»Sharon ...«

»Du hast getan, was du konntest. Ich danke dir.« Sie legt eine Hand auf seinen Arm, versucht kläglich, ihm zuzulächeln, aber ihre Lippen beben. »Ich bin ja so ein Dummkopf. Ich hatte gehofft ...« Schnell dreht sie sich weg. Sie weint.

»Sharon!« Er ist tiefbetrübt. »Ich hab' es doch versucht ...«

Er will ihr helfen, aber sie stößt ihn schluchzend zur Seite. Niedergeschmettert und bitter enttäuscht, humpelt sie aus der Hütte und verschwindet in der Dunkelheit.

Jakob ist am nächsten Morgen schon in aller Frühe aufgestanden, um die Kühe zu melken.

Sein Gesicht läßt erkennen, daß er von den Ereignissen der letzten Nacht immer noch sehr mitgenommen ist. Er murmelt irgend etwas vor sich hin. Die Kuh dreht den Kopf zu ihm hin und man bekommt – wie immer, wenn er mit Tieren zu tun hat – den Eindruck, als bestehe zwischen den beiden ein seltsames Einvernehmen, eine Art Sympathie.

Plötzlich hört man Sharon, die klingt, als sei sie außer sich vor Erregung.

»Jakob!« ruft sie. »Jakob!«

Er blickt hoch, springt auf die Füße.

Und dann sieht man Sharon. Ihr Gesicht strahlt vor Freude, ist kaum wiederzuerkennen. Atemlos kommt sie auf ihn zugerannt, ohne Krücken oder auch nur die Spur eines Humpelns. Mit einem Sprung setzt sie über den Bewässerungsgraben.

»Jakob! Jakob! Sieh doch mal!«

Im nächsten Augenblick hat sich ihm auch schon in die Arme geworfen und küßt ihn.

Jakob steht einfach nur da, vor Überraschung wie gelähmt. Dann begreift er langsam, was geschehen ist. Seine Arme legen sich um sie. Er küßt sie, allerdings weniger aus Leidenschaft als aus einem Gefühl der Freude und Dankbarkeit.

»Sharon! Bist du denn ganz und gar von Sinnen?«

Das ist Miss Annie, die gerade rechtzeitig aus dem Haus getreten ist, um erstaunt und entsetzt Zeugin dieser Szene zu werden. Aber bevor sie sich in langen Schimpftiraden ergehen kann, lenkt Sharon sie wirkungsvoll davon ab, indem sie sich aus Jakobs Umarmung losreißt und auf sie zurennt.

»Tante Annie! Sieh doch mal! Ich bin geheilt!«

Und entzückt küßt sie ihre Tante.

Das Bild wird vervollständigt von Professor Carter, der ärgerlich den Kopf aus dem Schlafzimmerfenster steckt, um herauszufinden, was der ganze Lärm so früh morgens zu bedeuten habe. Er erfaßt die Situation mit einem Blick. Sharon demonstriert ihre Genesung, indem sie einen wilden Tanz aufführt und ihm Kußhände zuwirft.

*

Die Nachricht von Sharons Heilung verbreitet sich wie ein Lauffeuer. Zwei Tage später bekommen die Carters Besuch von einem Arzt aus dem nächstgelegenen Städtchen, der dieses Wunder gern an Ort und Stelle studieren möchte. Professor Carter schätzt diese Störung gar nicht, kann aber nichts dagegen tun, außer die ganze Angelegenheit wie eine Lappalie zu behandeln. Er deutet an, daß Sharons Lähmung nie sehr schwer, der Fuß kein bißchen mißgestaltet, die Behinderung wahrscheinlich auf Hysterie zurückzuführen gewesen sei und so weiter. Dennoch ist zu erkennen, daß seine wissenschaftlichen Überzeugungen schwer erschüttert worden sind und daß ihm irgend etwas Angst macht – jene unbekannte Fähigkeit, die Jakob innezuwohnen scheint. Er spricht von diesem Tagelöhner mit deutlicher Mißbilligung.

Der Arzt möchte natürlich mit Jakob sprechen. Man ruft ihn herbei, und es findet ein höchst unbefriedigendes Kreuzverhör statt. Jakobs Äußerungen sind so zusammenhanglos wie noch nie. Er wird mit medizinischen Begriffen bombardiert und reagiert verständnislos. Ob er Hypnose anwende? Ob er wisse, was Hypnose ist?

Jakob weiß überhaupt nichts. Er hat für nichts eine Erklärung. Er ist sich nicht einmal sicher, ob Sharons Genesung tatsächlich das Werk seiner Hände ist. Als er es an dem Abend neulich versuchte, hatte es nicht geklappt. Das bringt natürlich die Tatsache ans Licht, daß Sharon Jakob in seiner Hütte aufgesucht hat, ein Detail, das für Miss Annie bedeutsamer zu sein scheint als die Heilung selbst. Sie unterzieht Jakob einem scharfen Verhör, wobei sich ihre schlimmen Vermutungen zeigen. Jakob ist über ihre Andeutungen zuerst verwirrt und dann schockiert. Miss Annie hat das Gefühl, auf der richtigen Spur zu sein. Sie erzählt dem Arzt, daß sie und ihr Bruder sich bereits entschlossen hätten, Sharon eine Weile wegzuschicken, zu einem Verwandten, einem Pfarrer im Mittelwesten. Sie brauche jemanden, der ein scharfes Auge auf sie haben und sie einem gesunden christlichen Einfluß aussetzen würde.

Der Arzt ist allerdings kein Dummkopf. Er ist ernsthaft an dem Vorgang interessiert. Er bittet darum, Sharon selbst sprechen zu dürfen. Er würde gern ihren Fuß untersuchen. Professor Carter ist damit nicht einverstanden, aber als Sharons Name fällt, wird Miss Annie plötzlich bewußt, daß sie sie schon den ganzen Tag nicht gesehen hat. Sie muß wohl in der Wüste umherstreifen. Ihre neue Freiheit gefällt weder dem Vater noch der Tante und ist für beide Grund genug, dem Mädchen strengere Zucht angedeihen zu lassen. Miss Annie sagt, sie habe so viel zu tun, daß sie gar nicht in der Lage sei, Sharon jetzt, wo sie nicht mehr durch ihre Krücken behindert wird, ständig im Auge zu behalten.

Jakob ist jedoch ernstlich besorgt. Vielleicht hat Sharon ihre Kräfte überschätzt. Die Fähigkeit, sich frei zu bewegen, ist noch so neu für sie. Vielleicht ist sie irgendwo gestürzt, oder ist ohnmächtig geworden. Und in der Wüste wimmelt es nur so von Klapperschlangen. Er bietet sich an, hinauszureiten und sie zu suchen. Da niemand anders da ist, den sie losschicken können, erklären sich die Carters widerstrebend mit seinem Vorschlag einverstanden.

Als Jakob hinausgegangen ist, erzählen sie dem Arzt, daß sie beschlossen hätten, ihn zu entlassen, sobald sie einen anderen Helfer gefunden haben. Er sei ein komischer Kauz und auf der Ranch nicht mehr erwünscht, und außerdem könne man ihm, was Mädchen angeht, nicht über den Weg trauen.

Jakob geht inzwischen zu seiner Hütte zurück, um seinen Sattel zu holen.

Er öffnet die Tür. An der Innenseite befestigt ist ein Zettel mit Sharons Handschrift:

»Lieber Jakob,
ich gehe fort. Ich wollte Dich vorher noch einmal sehen, aber Du warst nicht da, und ich mußte mich beeilen. Ich gehe nach Los Angeles, um dort Arbeit zu finden und zu versuchen, Sängerin zu werden und all die Dinge zu tun, von denen wir so oft geredet haben. Vater und Tante Annie brauchen gar nicht

erst nach mir zu suchen. Selbst wenn sie mich finden, werde ich nicht zurückkehren. Ich weiß, wo sie mich hinschicken wollen. Wenn ich jetzt nicht fortgehe, wird sich mir nie wieder die Gelegenheit dazu bieten.

Ich verdanke alles Dir, Jakob. Das werde ich nie vergessen. Eines Tages gebe ich Dir alles doppelt und dreifach zurück. Aber zuerst muß ich es zu etwas bringen. Ich weiß, daß Du das von mir erwartest. Wünsch mir Glück.

Alles Liebe,

Sharon.«

Teil Zwei

Etwa achtzehn Monate später.

Es ist Abend. Mit einem kranken Kind im Arm biegt ein farbiger Mann, der sich später als George, der Chauffeur der Medlins, herausstellen wird, in der Innenstadt von Los Angeles aus der Main Street in eine dunkle Gasse. Neben ihm geht eine farbige Frau, seine Schwester und die Mutter des kranken Kindes. Ein paar Meter von der Ecke Main Street entfernt steht ein schäbiges Holzgebäude, auf dem »Kirche der Urbruderschaft der Pfingstgemeinde« geschrieben steht. Sie treten ein.

Die Kirche besteht aus einem kleinen schmucklosen Raum mit einem Podium an einem Ende und Bänken für die Gemeinde. Es ist sehr voll. Man sieht Neger, Mexikaner, Chinesen und vereinzelt Weiße – alles arme, einfache, fromme Menschen.

Der Geistliche, Pfarrer Wood, ein alter grauhaariger Neger, ist fast am Schluß seiner Predigt angekommen. Seine feierliche Redeweise ist anrührend in ihrer Aufrichtigkeit und gleichzeitig absurd wegen seines seltsamen Sprachgebrauchs und seiner altväterischen Auslegung der Bibelzitate. Die Gemeinde bringt ihre Gefühle mit regelmäßigen »Halleluja, Amen, Gloria!«-Rufen zum Ausdruck.

Als die Predigt beendet ist, gibt der Pfarrer bekannt, daß Bruder Ericson wieder in ihrer Mitte weile und, wie auch schon an den vorangegangenen Donnerstagabenden, seine Heilkünste vorführen werde. Jakob, der in einer dunklen Ecke hinter der Kanzel gesessen hat, tritt scheu hervor. Er trägt einen Overall, da er direkt von der Arbeit hergekommen ist und keine Zeit zum Umziehen gehabt hat.

Die Menschen drängen zum Podium, insbesondere Eltern mit kranken oder verkrüppelten Kindern. Jakob und der Pfarrer versuchen, Ordnung in die sich um sie scharende, ungebärdige Menschenmenge zu bringen. Einer nach dem anderen, bitte. Nicht drängeln. Denken Sie bitte daran, daß dies ein Gotteshaus und kein Zirkus ist.

Unzusammenhängenden Satzfetzen stammelnd, erklärt Jakob, daß er keine Heilung garantieren könne. Manchmal gelinge es, manchmal nicht. Und wenn es gelinge, dann zeige sich die Heilung nicht immer sofort. Manchmal dauere es Stunden oder Tage oder sogar Wochen.

Der Pfarrer hilft ihm bei diesen Erklärungen und gibt seiner einfachen Darlegung der Tatsachen eine theologische Note: Die Wege des Herrn sind unerforschlich. Viele sind berufen, aber wenige sind auserwählt. Und so fort. Schließlich erklärt Pfarrer Wood, es sei Zeit für eine Hymne. Das Harmonium schnauft los, und während die Gemeinde hingebungsvoll singt, macht Jakob sich ans Werk.

Zuerst legt er einer alten blinden Frau die Hand auf, offensichtlich jedoch ohne jeden Erfolg. Dann ist das Kind an der Reihe, das zu Beginn dieser Szene von George, dem farbigen Chauffeur, in die Kirche getragen worden war. Es habe, erklärt die Mutter, vereiterte Ohren. Das Mädchen stöhnt vor Schmerzen. Jakob streicht mehrere Male mit den Händen über seinen Körper. Plötzlich hört das Mädchen auf zu weinen und fängt an zu lachen. Die Gemeinde ist entzückt. Es herrscht helle Begeisterung, und man hört laute Halleluja-Rufe.

Diese Vorgänge werden sehr genau von einem Mann beobachtet, der ganz allein in der letzten Reihe sitzt. Es ist auf den ersten Blick ersichtlich, daß es sich nicht um ein ständiges Mitglied dieser Kirchengemeinde handelt. Mr. Lou Zacconi ist ein rundlicher, auffällig gekleideter Mann um die Vierzig, auf eine vulgäre Art und Weise gutaussehend, mit fetten weißen Händen, an denen er mehrere große Ringe trägt. Er hat einen gezwirbelten schwarzen Schnurrbart und dunkelglänzende unaufrichtige Augen.

Während der Predigt gibt sich Zacconi keine Mühe, seine Langeweile und Ungeduld zu verbergen. Einmal zieht er sogar eine große Zigarre aus der Brusttasche und ist gerade im Begriff, sie anzuzünden, als ihm einfällt, daß er sich ja in einer Kirche befindet, woraufhin er sie mit einem leise gemurmelten Fluch wieder wegsteckt.

Als aber die Heilung der Kranken beginnt, beugt er sich vor und sieht mit großem Interesse zu. Sobald die Heilungsversuche beendet sind, schiebt er sich durch die hinausdrängende Menge und paßt Jakob ab, der von dem alten Pfarrer aus dem Gebäude geleitet wird.

»Mr. Jakob Ericson, nehme ich an?« Von Pfarrer Wood nimmt Zacconi überhaupt keine Notiz. »Es ist mir ein Vergnügen, Sie kennenzulernen, Sir. Mein Name ist Lou Zacconi. Sie kennen mich zwar nicht, aber ich bin ein großer Verehrer von Ihnen. Jawohl, Sir!«

Jakob nimmt gehorsam die Visitenkarte entgegen, die Zacconi ihm reicht, und sieht sie sich näher an. Ihr zufolge ist Mr. Zacconi der »Alleinpächter und Manager des *Main Street Art Theater*«.

»Sie leisten wirklich hervorragende Arbeit, Mr. Ericson«, fährt Zacconi fort. »Wunderbare Arbeit. Das sollte in der Öffentlichkeit bekannt werden. Ich würde mich sehr freuen, wenn ich mich einmal kurz mit Ihnen unterhalten könnte. Hätten Sie vielleicht ein paar Minuten Zeit für mich? Ich hätte da einige Ideen, die, glaube ich, durchaus von Interesse für Sie sein könnten.«

Pfarrer Wood, der offensichtlich einiges über Mr. Zacconi weiß, was diesem allerdings nicht gerade zur Ehre gereicht, erklärt freundlich, daß Jakob nach den Heilungen immer erschöpft sei und Ruhe brauche. Aber Zacconi schneidet ihm das Wort ab.

»Sicher. Sicher, das weiß ich. Kommen Sie doch einfach mit in mein Büro, Mr. Ericson. Da können Sie sich entspannen, soviel Sie wollen.«

Und er nimmt den überraschten jungen Mann ohne Umstände am Arm und führt ihn weg.

Auf dem Weg zu seinem Büro redet Zacconi wie ein Wasserfall und setzt ihm seine Pläne auseinander. Jakob verschwende bloß seine Zeit in diesem Verein. Er brauche einen Sponsor, er brauche einen Manager, er brauche ein größeres Publikum.

»Betrachten Sie es doch mal von dieser Seite: Sie

haben da etwas, was Sie dem Publikum geben können. Na, und ich habe das Publikum, das es haben will. Sie wollen nur Ihre Arbeit machen. Sie wollen sich nicht um die geschäftlichen Dinge kümmern müssen. Das wollen Sie bestimmt nicht. Das kann ich sehr gut verstehen. Ich respektiere diese Haltung. Trotzdem muß das Ganze auf eine solide Geschäftsgrundlage gestellt werden ... «

Jakob versteht kaum, wovon Zacconi eigentlich redet. Gelegentlich versucht er, eine Frage vorzubringen, aber es gelingt ihm nicht, dem unaufhörlich redenden Showman ins Wort zu fallen.

Unterdessen sind sie in die Main Street eingebogen und vor dem *Art Theater* angelangt, einem kleinen, grellbeleuchteten Gebäude, dessen Vorderseite ausschließlich aus Reklametafeln zu bestehen scheint, die die Namen und die Kurven der in einem billigen Nonstop-Varieté auftretenden Showgirls zeigen. Mr. Zacconis Publikum ist fast ausschließlich männlichen Geschlechts und setzt sich hauptsächlich aus Seeleuten, Oberschülern und auswärtigen Besuchern zusammen, die gekommen sind, um die fleischlichen Freuden der Großstadt zu bestaunen.

Rauchend, schwitzend, schwer atmend und zumeist in Hemdsärmeln, verfolgen sie die Vorstellung mit gierigen Blicken. Statt der Hallelujas der Gemeinde von Pfarrer Wood hört man hier Zwischenrufe, Pfiffe, heisere Lachsalven und Beifallsstürme.

Zacconi geht einen Seitengang entlang zu einer Tür, die hinter den Bühnenraum führt. Auf der Bühne selbst führen gerade zwei gewaltige Frauen in paillettenbesetzten Trikots einen Ringkampf vor, wobei sie sich wiederholt wie zufällig unsittlich an intimen Teilen ihrer Anatomie berühren und sich donnernd auf den Hintern knallen lassen. Das Publikum feuert sie brüllend an.

Jakob, der Zacconi gefolgt ist, bleibt stehen und gafft das Schauspiel in naivem Staunen an. Dann beginnt auch er, lauthals zu lachen. Zacconi dreht sich ungeduldig um und muß ihn mehr oder weniger gewaltsam durch den Bühneneingang schieben. Mit den Ellbogen bahnen sie sich einen Weg an Bühnenarbeitern und erschöpften Revuegirls vorbei, bis sie zum Büro des Managers gelangen.

»Hallo, Doc«, sagt Zacconi zu dem Mann, der aufsteht, um sie zu begrüßen, und stellt Jakob seinem alten und geschätzten Freund Dr. Ignatius Waldo vor.

Dr. Waldo, ein gedrungener Mann von Mitte Fünfzig, hat ein spitzes Frettchengesicht und hinter einem an einem breiten schwarzen Band befestigten Kneifer kleine flinke Augen. Er trägt einen schäbigen schwarzen Anzug, einen Stehkragen und eine Fliege. Aber trotz seiner Bemühungen, sich standesgemäß zu kleiden und zu geben, sieht er aus wie das, was er in Wirklichkeit auch ist: ein erfolgloser und höchst zwielichtiger Arzt, der bei der Ärztekammer schlecht angeschrieben ist und dessen Praktiken hart an der Grenze des Erlaubten liegen.

Dr. Waldo ist viel aufgeblasener und salbungsvoller als Zacconi. Er spricht getragen und mit einer tiefen Stimme, die überhaupt nicht zu seiner Statur paßt. Er erzählt Jakob, daß er von Mr. Zacconi schon alles über ihn und seine wunderbaren Kräfte gehört habe. Das interessiere ihn außerordentlich. Als aufgeschlossener Wissenschaftler sei er schon immer der Ansicht gewesen, daß Ärzte und echte Wunderheiler zusammenarbeiten sollten. So könne zwischen einem echten Wunderheiler und einem integren Mann der medizinischen Wissenschaft eine wunderbare Partnerschaft entstehen. (›Integer‹ und ›wissenschaftlich‹ sind Dr. Waldos Lieblingswörter. Wie eine Art Leitmotiv tauchen sie immer wieder in seinen Darlegungen auf, die er außerdem noch dadurch bereichert, daß er sämtliche medizinischen und philosophischen Begriffe verwendet, die er kennt, einschließlich vieler, die er nicht richtig aussprechen kann.)

Schon bald kommen sie aufs Geschäft zu sprechen, denn es ist offensichtlich, daß sich die beiden Männer ihr Angebot schon im voraus abgesprochen haben: Die drei Männer würden eine Partnerschaft eingehen. Jakob würde seine Heilkünste einbringen, Doc die Integrität und die Wissenschaft (anders ausgedrückt, die notwendige Fassade ärztlicher Respektabilität) und Zacconi das Kapital und das Management. Die Gewinne würden nach folgendem Schlüssel aufgeteilt werden: fünfzig Prozent für Zacconi, dreißig für Doc und zwanzig für Jakob, der außerdem noch freie Kost und Logis erhalten würde. Letzteres wird stark betont, als sei es eine außergewöhnlich großzügige Vergünstigung. Doc und Jakob würden in geeigneter Lage eine gemeinsame Praxis eröffnen. Dreimal die Woche würde Jakob sein Talent im *Main Street Art Theater* unter Beweis stellen.

Jakob hält von dieser Idee überhaupt nichts. Er hat bereits Arbeit und verdient genug, um seine einfachen Bedürfnisse zu befriedigen. Er will Pfarrer Wood nicht im Stich lassen. Und er weigert sich auf das bestimmteste, seine Heilkünste auf der Bühne vorzuführen. »Das wäre nicht richtig«, wiederholt er immer wieder.

»Aber in der Kirche haben Sie es doch auch gemacht«, sagt Zacconi.

»Das war etwas anderes«, beharrt Jakob. »Da habe ich es nicht für Geld getan.«

»Was gibt's denn an meiner Show eigentlich auszusetzen? Das ist eine schöne, künstlerische Show. Überhaupt nichts Vulgäres. Wenn Sie wollen, kann das Orchester ja irgendwas Religiöses spielen. Ein Ave-Maria.«

»Es tut mir leid, Mr. Zacconi«, sagt Jakob etwas bedrückt. »Sie sind sehr großzügig, das ist mir klar. Aber ich kann es nicht machen. Es wäre einfach nicht richtig.« Und trotz ihrer Argumente, ihrer Überredungskünste und ihrer wachsenden Ungeduld beharrt er auf seinem Standpunkt.

Mitten in dem Gespräch, gerade als es scheint, als sei man in eine absolute Sackgasse geraten, klopft es an die Tür.

»Herein«, ruft Zacconi irritiert. Dann, als er sieht, wer es ist: »Tut mir leid, Kleine. Hab' jetzt keine Zeit. Bin beschäftigt.«

Aber Jakob ist aufgesprungen. »Sharon!« ruft er.

Und tatsächlich, es ist Sharon, obwohl sie auf den ersten Blick kaum wiederzuerkennen ist. Das Mädchen von der Carter Ranch hat sich sehr verändert. Sie sieht viel älter und reifer aus in ihrem tief ausgeschnittenen langen Abendkleid, das sie, als Bluessängerin und Hauptattraktion, von den halbnackten Revuegirls unterscheidet. Doch sie sieht auch müde aus und wirkt härter. Sie hat einiges gelernt, und es war nicht immer leicht. Aber als sie Jakob sieht, strahlt sie über das ganze Gesicht. Sie freut sich fast so sehr wie er. Aber nur fast. Es ist offensichtlich, daß sie bestürzt darüber ist, ihn in dieser Umgebung anzutreffen.

»Aber Jakob, was um alles in der Welt machst du denn hier?«

»Sie kennen Miss Dolores?« fragt Zacconi überrascht.

»Dolores?« Jakob ist verwirrt. Dann fragt er besorgt: »Sind Sie inzwischen verheiratet?«

Sharon lacht leicht verbittert auf. »Nur mit meiner Kunst. Zacconi meinte, Carter klänge für dieses exklusive Etablissement nicht elegant genug.«

Aber Jakob hört die Ironie aus ihren Worten überhaupt nicht heraus. »Sie singen hier? Das ist ja wunderbar! Dann sind Sie jetzt also wirklich Sängerin?«

»So steht es im Programm.«

»Aber das ist ja großartig! Das ist doch genau das, was Sie schon immer machen wollten, stimmt's?«

»Das ist genau das, was ich schon immer machen wollte«, wiederholt Sharon trocken. Dann rückt ihre Besorgnis um Jakob wieder in den Vordergrund. Sie fragt ihn, warum er die Carters verlassen habe. Ohne jede Verbitterung erklärt er ihr, daß er ein paar Tage, nachdem sie die Ranch verlassen hatte, entlassen worden sei. Danach habe er drüben in Palmdale Arbeit gefunden. Aber, erklärt er schüchtern, er habe immer wieder an sie denken müssen und sich überlegt, wo sie wohl sein könnte. Schließlich habe er sich dazu entschlossen, nach Los Angeles zu gehen. »Ich war mir sicher, daß wir uns früher oder später wiedersehen würden«, fügt er schlicht hinzu.

Doc und Zacconi haben das Gespräch aufmerksam verfolgt. Zacconi überlegt sich natürlich sofort, wie er diese unerwartete Begegnung ausnutzen könnte. Sein Benehmen wird in höchstem Grade zuvorkommend.

Jakob redet arglos weiter, meint, daß der Professor und Miss Annie sich freuen dürften, daß sie es zu etwas gebracht habe, und fragt, ob die beiden schon einmal hier gewesen seien, um sie singen zu hören. Aus Sharons Antwort wird ersichtlich, daß sie zu stolz gewesen ist, ihrem Vater und ihrer Tante ihr Scheitern einzugestehen.

Zacconi wechselt jetzt das Thema und erzählt Sharon, wie er von Jakobs Heldentaten als Wunderheiler gehört habe, und fügt hinzu, daß er und Doc versucht hätten, Jakob dazu zu überreden, ihr Geschäftspartner zu werden.

Sharon gefällt die ganze Sache überhaupt nicht. »Du solltest schnurstracks wieder in die Wüste zurückgehen«, sagt sie zu Jakob. »Das ist hier nicht die richtige Umgebung für dich.«

Das wiederum paßt Zacconi überhaupt nicht. Seine Verärgerung hinter einem öligen Lächeln verbergend, unterbricht er Sharon und fragt sie, weshalb sie ihn eigentlich sprechen wollte. Sharon zögert, murmelt, es sei nicht weiter wichtig. Es ginge auch ein andermal. Aber Zacconi, der sofort spürt, daß er einen Vorteil aus dieser Situation herausschlagen kann, meint hartnäckig, man solle nichts auf die lange Bank schieben. Wenn es eine Privatangelegenheit sei, dann könnten sie ja einen Moment vor die Tür gehen. Er trieft geradezu vor Liebenswürdigkeit.

Er und Sharon treten aus dem Büro in einen schmalen Gang hinter der Bühne. Von der anderen Seite der Kulissen her hört man mit Applaus vermischte Dialog- und Musikfetzen.

»Lou«, sagt Sharon mit dem Freimut einer alten, aber nicht allzu freundlich gesinnten Bekannten, »ich bin pleite. Kann ich zehn Dollar Vorschuß haben? Spielen Sie sich aber gar nicht erst groß auf. Sagen Sie einfach ja oder nein.«

»Aber natürlich, meine Liebe. Natürlich ...« Zacconi zieht seine Brieftasche heraus und zählt die Scheine ab. Als Sharon die Hand danach ausstreckt, bremst er sie jedoch.

»Einen Augenblick noch. Was du da gerade gesagt hast, klang ganz so, als ob du nicht gern für mich arbeitest. Ich hoffe doch, daß ich mich da getäuscht habe?«

»Na, was denn sonst?« fragt sie sarkastisch.

»Du solltest dich nicht so aufführen. So ein schlaues Mädchen wie du. Dabei wollte ich dir gerade eine Gehaltserhöhung anbieten. Fünf Dollar die Woche. Was sagst du dazu?«

»Allerherzlichsten Dank, Mr. Zacconi ... Und wen soll ich dafür abmurksen?«

Zacconi lacht, wenn auch etwas zu laut. »Hör mal zu, Baby, du und ich, wir sind doch alte Freunde. Es hat mir überhaupt nicht gepaßt, wie du mit diesem Ericson geredet hast. Das war nicht nett von dir. Was gibt's denn eigentlich an dem Laden hier auszusetzen? Du mußt ihn dazu bringen, bei uns mitzumachen. Seinetwegen – und deinetwegen.«

»Und wenn ich das nicht tue?« fragt Sharon herausfordernd.

Zacconi zuckt mit den Schultern. »Ich kann hier so viele Sängerinnen kriegen, wie ich will. Die gibt's in dieser Stadt doch wie Sand am Meer.«

»Ich verstehe. So ist das also.«

»So ist das, Baby. Nimmst du jetzt also Vernunft an oder nicht?«

»Hören Sie zu, Lou. Gut, Sie haben gewonnen. Aber eins sage ich Ihnen. Wenn ich herausfinde, daß Sie ein doppeltes Spiel mit Jakob treiben, dann gnade Ihnen Gott. Dann ist es mir nämlich egal, was ich Ihnen antue. Verstanden?«

Zacconi lächelt leicht. »Wer hat denn von einem doppelten Spiel geredet? Es handelt sich lediglich um eine geschäftliche Abmachung. Völlig korrekt.«

»Das will ich auch hoffen.«

»Sag mal – du magst diesen Burschen wohl sehr gern, was?«

»Das spielt gar keine Rolle. Doc und Sie sind es nicht wert, Jakob die Schuhe zu putzen.«

Zacconi grinst. Für ihn ist alles genau nach Wunsch gelaufen. »Vernünftiges Mädchen«, sagt er beifällig zu Sharon. Er reicht ihr die Geldscheine und gibt ihr einen Klaps auf den Hintern. Sie gehen ins Büro zurück, wo Doc Jakob inzwischen eine Kostprobe von seinen integren Ansichten und medizinischen Begriffen gegeben hat.

»Ich habe mir das alles noch einmal durch den

Kopf gehen lassen«, sagt Zacconi zu Jakob. »Vielleicht haben Sie mit Ihren Einwänden gegen das Theater doch recht. Das Ganze soll Stil haben. Vergessen wir also die Theaterauftritte, vorläufig. Würden Sie dann bei uns mitmachen? Was meinen Sie?«

Jakob wendet sich in seiner Verwirrung an Sharon.

»Meinen Sie, ich soll's machen?« fragt er.

»*Möchtest* du es denn machen?« lautet Sharons Gegenfrage. Sie hat keine Lust, die Verantwortung für seine Entscheidung zu übernehmen.

»Ich mache das, was Sie sagen.«

»Und sie sagt ja!« meint Zacconi zuversichtlich und zwinkert Doc zu.

»Wirklich, Sharon?« fragt Jakob nach.

Langsam und unwillig nickt Sharon.

»Na gut ...« erklärt Jakob skeptisch.

Er hat die Worte noch kaum ausgesprochen, da zieht Zacconi auch schon den bereits aufgesetzten Vertrag aus dem Schreibtisch und reicht ihn Jakob zusammen mit seinem Füllfederhalter hinüber.

»Glauben Sie mir, junger Mann«, sagt er und klopft Jakob auf den Rücken, »Sie werden es nicht bereuen. O nein! Sie und Doc und ich, wir werden es zu was bringen!«

Teil Drei

Einige Monate sind verstrichen. In ungewohnt städtischer Kleidung, in der er steif und unbeholfen wirkt und sich nicht wohl fühlt, ist Jakob im Begriff, sein Taschengeld wieder einmal dort auszugeben, wo er es immer ausgibt – in der Tierhandlung. Umgeben von Käfigen voller Säugetiere, Vögel und Reptilien, unterhält er sich mit dem alten Geschäftsinhaber und dessen mütterlicher Frau über die guten und schlechten Eigenschaften eines zahmen Lemuren, der es ihm angetan hat.

Er beschließt, ihn zu kaufen, und will gerade bezahlen, als Sharon den Laden betritt.

»Das hätte ich mir denken können, daß du hier steckst«, ruft sie in dem vorwurfsvollen Ton einer Ehefrau, die ihren Mann gerade in seiner Lieblingskneipe aufgespürt hat. (Und genau das ist die Tierhandlung für Jakob auch – der Ort, wo er sein Geld ausgibt und die Zeit verschwendet, die er auf seine Arbeit verwenden sollte.)

Verlegen versucht Jakob, sich zu rechtfertigen. »Das ist ein echtes Schnäppchen«, sagt er und zeigt auf den Lemur. »Für nur fünfundzwanzig Dollar.«

»Aber wo willst du ihn denn hintun?« fragt Sharon.

»Ach, ich werde schon ein Plätzchen für ihn finden«, antwortet Jakob optimistisch.

»Lou wird wütend auf dich sein«, warnt sie ihn.

Jakob grinst spitzbübisch wie ein ungezogenes Kind. Um das Thema zu wechseln, zieht er eine kleine Schachtel aus der Tasche, öffnet sie und entnimmt ihr eine Bernsteinkette.

»Ich dachte, die würde gut zu Ihren Haaren passen«, sagt er und reicht sie ihr.

Sharon ist gerührt, meint jedoch, ihn wegen seiner Geldverschwendung ausschelten zu müssen. Und außerdem müsse sie mit ihm noch über ein paar andere Dinge reden. Warum sei er nach dem Mittagessen nicht in die Praxis zurückgekommen? Vier oder fünf Patienten würden auf eine Behandlung warten. Deshalb habe Doc sie nach ihm suchen geschickt.

»Ich wollte mich gerade auf den Rückweg machen«, murmelt Jakob.

»Mit zweieinhalb Stunden Verspätung!«

»Aber es hat doch keinen Sinn, daß ich versuche, Leute zu heilen, wenn mir nicht danach ist. Dann klappt es nicht. Ich kann es nicht erzwingen. Sie wissen doch, daß es nicht jeden Tag geht.«

Natürlich, stimmt Sharon ihm besänftigend zu. Aber er könne wenigstens in der Praxis bleiben. Er könne mit den Leuten reden und dafür sorgen, daß sie ein andermal wiederkommen.

Er schüttelt den Kopf. »Das tue ich nicht gern. Ich bin kein Verkäufer.«

»Ob du es nun gern tust oder nicht, du hast einen Vertrag unterschrieben.« Und sie nimmt ihn beim Arm und führt ihn, halb reuevoll, halb mißmutig, hinaus auf die Straße. Mit dem Lemur auf der Schulter geht er neben ihr zur Praxis zurück.

Das »Psycho-Magnetische Ärztezentrum« befindet sich in einem zweistöckigen Gebäude an einer großen Durchfahrtsstraße. Doc Waldo empfängt die Patienten im Erdgeschoß und zieht eine große Show ab, um sie auf die Sitzung mit Jakob vorzubereiten.

Sharon übergibt Jakob Docs Sprechstundenhilfe und verabschiedet sich, da sie schnell zum *Art Theater* zurückmüsse, um sich für den ersten Auftritt umzuziehen. Die Sprechstundenhilfe flüstert Jakob zu, daß der Arzt stinkwütend sei, und scheucht ihn durch das Wartezimmer (wo die Patienten mit einiger Verwunderung auf den Lemur reagieren) in sein Sprechzimmer.

Jakob geht in ein Hinterzimmer, das voller mehr oder weniger exotischer Haustiere steckt, setzt den Lemur in einen Käfig, kommt zurück und zieht sich den weißen Ärztekittel über, der ihm ein integres und wissenschaftliches Aussehen verleihen soll.

Dann betritt er Waldos Sprechzimmer, wo Doc sich gerade vor einer stämmigen, wenig anziehenden Frau mittleren Alters in Szene setzt. Stethoskop, Blutdruckmesser und Durchleuchtungsgerät werden in Aktion gesetzt. Dann folgt ein Schwall von medizinischem Jargon und ein Verkaufsgespräch über die einzigartige Betreuung, die im Psycho-Magnetischen Ärztezentrum angeboten werde – eine Mischung aus den fortschrittlichsten wissenschaftlichen Therapien und der magnetischen Behandlungsmethode des vielleicht größten Naturheilkundigen unserer Zeiten: Mr. Ericson – dem es leider nicht möglich gewesen sei, früher in die Praxis zurückzukehren, da er einen dringenden auswärtigen Krankenbesuch habe machen müssen. Doch jetzt, fügt Doc bedeutungsvoll hinzu, würde Mr. Ericson die verlorene Zeit aufholen und Mrs. Kugelmann ohne Umschweife ihre erste magnetische Behandlung zuteil werden lassen.

Aber statt sich an die Arbeit zu machen, wie es seine Pflicht gewesen wäre, bittet Jakob den Arzt einen Augenblick in sein Sprechzimmer. Doc folgt ihm, und als er die Tür hinter sich geschlossen hat, teilt Jakob ihm mit, daß er bei dieser Frau wirklich nichts erreichen könne. Irgend etwas an ihr gefalle ihm nicht. »Ich kann es nicht erklären. Sie ist mir einfach nicht geheuer.«

»Aber sie ist unsere reichste Kundin«, protestiert Waldo. Und außerdem, fährt er fort, fehle Mrs. Kugelmann überhaupt nichts. Sie habe zuviel Zeit, über sich selbst nachzudenken, das sei alles. Genau der richtige Fall für Suggestion. Eine großartige Chance für eine spektakuläre »Heilung«.

Genau das hat Jakob instinktiv befürchtet. Und er weigert sich hartnäckig. Irgendwie habe sie etwas Böses an sich, wiederholt er; und er habe noch nie etwas für böse Menschen tun können.

Doc tobt und flucht, aber Jakob ist nicht umzustimmen. »Das kleine verkrüppelte Kind draußen im Wartezimmer übernehme ich. Und ich werde auch versuchen, dem alten Mann zu helfen, und der Frau dort. Aber nicht Mrs. Kugelmann.«

Entnervt gibt Waldo auf und muß nun zurückgehen und seiner Patientin diplomatisch erklären, daß Mr. Ericson bereits Termine habe und sie heute nicht behandeln könne.

Ein paar Stunden später ist Jakob mit der Arbeit fertig und spielt gerade mit seinen Tieren, als die Tür auffliegt und Zacconi, gefolgt von Doc, hereinstürmt.

»Was habe ich da von Doc hören müssen?« beginnt Zacconi wütend.

Als Zacconi nähertritt, beginnt der Lemur, der einen guten Riecher für charakterliche Werte zu haben scheint, drohend loszuschnattern, und nur Jakobs rechtzeitiges Eingreifen bewahrt Zacconi davor, gebissen zu werden. Dieser Nervenschock läßt ihn in die Luft gehen. Seine angestaute Verärgerung entlädt sich in einem Wutanfall, und er fängt an loszuschreien. Er wirft Jakob alle seine Unzulänglichkeiten an den Kopf. Seine Unzuverlässigkeit (er sei schlimmer als alle Ringkämpferinnen zusammen), die Art und Weise, wie er seine Arbeit vernachlässige, seine Unfähigkeit, jeden, der zu ihm kommt, zu heilen.

Jakob antwortet sanft, daß er nie behauptet habe, jeden heilen zu können, aber Lou schneidet ihm das Wort ab.

»Was meinst du, was ich mit einem Jongleur machen würde, der nicht jeden Ball fängt?« fragt er. »Ich würde ihn vor die Tür setzen. Und wenn du so weitermachst, Ericson, dann passiert mit dir genau dasselbe.«

Aufreizend ruhig und gutgelaunt antwortet Jakob, daß es ihm überhaupt nichts ausmachen würde, vor die Tür gesetzt zu werden. Er sei kräftig und habe keine Angst vor schwerer Arbeit. Auf den Holzplätzen hier in der Stadt oder auf irgendeiner Ranch draußen in der Wüste würde es immer genügend

Arbeit für ihn geben. Und wenn Sharon nicht wäre, dann hätte er sich sowieso schon lange aus dem Staub gemacht.

Als er Sharon erwähnt, wird Zacconi nur noch wütender. Er erklärt, schon die ganze Zeit gewußt zu haben, daß sie für Jakobs Launen verantwortlich sei. Jakob zuliebe habe er sich von diesem Weibsbild mehr gefallen lassen, als er von einer Operndiva hinnehmen würde. Aber damit sei nun Schluß. Von jetzt an würden sie beide spuren, oder es gäbe Ärger. Was zum Teufel bilde die sich eigentlich ein, dieses kleine ordinäre Stück. Der werde er es schon zeigen.

»Hören Sie«, sagt Jakob unerwartet hitzig, »Sharon lassen Sie in Frieden. In Ihrem eigenen Interesse, das sage ich Ihnen.«

Sein langsam angewachsener Zorn ist jetzt derart heftig, daß Zacconi vor ihm zurückweicht. Am liebsten würde Zacconi Jakob einen Schlag versetzen, er traut sich aber nicht. Er durchbohrt ihn mit Blicken.

»Und jetzt verschwinden Sie hier«, befiehlt Jakob. »Und denken Sie daran, was ich wegen Sharon gesagt habe. Schmeißen Sie mich raus, wenn Sie wollen. Aber Sharon lassen Sie in Frieden.«

Zacconi und Doc schleichen sich davon, verfolgt von dem spöttischen Geschnatter des Lemuren.

Jakob läßt sich schwer in einen Sessel sinken. Er sieht aus, als ekle ihn seine Umgebung gründlich an.

*

Am nächsten Morgen schlendern Jakob und Sharon durch den Zoo im Stadtpark. Jakob ist heute – im krassen Gegensatz zu dem mürrischen jungen Mann, den man gerade in Docs Praxis sehen konnte – sehr lebhaft. Ein paar Kinder schauen sich die Tiere an, und Jakob unterhält sich mit ihnen. Seine Geschichten über die verschiedenen Käfiginsassen zeugen von einer scharfen psychologischen Beobachtungsgabe und überraschendem Humor. Von Tieren versteht er etwas, und wie immer, wenn Jakob in seinem Element ist, bekommt man den Eindruck, daß das kein ungehobelter Tölpel ist, sondern ein reifer, sensibler Mensch, der tiefe Einblicke ins Leben gewonnen hat und es auch irgendwie interessant und spannend darzustellen vermag. Während er so erzählt, läßt sich von Sharons Gesicht ablesen, daß auch sie dieser Meinung ist. Ihre Augen leuchten vor Freude und Bewunderung.

Bald lassen sie die Käfige hinter sich und schlendern in den Park, wo sie sich unter einem Baum niederlassen.

»Jakob«, sagt Sharon nach einer Pause, in der sie offenbar einen Entschluß gefaßt hat, »weißt du, hier draußen, wenn wir beide ganz allein sind, da kommst du mir wie ein anderer Mensch vor.«

Jakob grinst. »Tja, das bin ich wohl auch.«

»Dir ist diese Praxis und die Arbeit mit Lou und Doc verhaßt, stimmt's?«

Schnell wendet er den Blick von ihr ab.

»So schlimm ist es auch wieder nicht«, murmelt er.

»Es ist gräßlich«, sagt Sharon nachdrücklich. »Das weißt du ganz genau. Du gehörst da einfach nicht hin.«

Jakob erwidert nichts darauf.

»Und ich habe dich da reingeritten«, fährt sie voller Selbstvorwürfe fort. »Das ist alles meine Schuld.«

Er antwortet immer noch nicht.

»Hör mal, Jakob. Warum machst du dich denn nicht einfach aus dem Staub? Warum gehst du nicht dahin zurück, wo du dich zu Hause fühlst.«

Jakob sieht sie mit einem kindlichen Eifer an, der zeigt, wie sehr ihm diese Idee gefällt.

»Meinen Sie, das sollte ich tun?«

»Sicher. Was hält dich denn zurück?«

Irgend etwas scheint ihm allerdings Sorgen zu machen. Kurz darauf sagt er: »Der Vertrag!«

Sharon lacht, als sie plötzlich ihre eigenen Worte vorgehalten bekommt. »Ach, damit werden wir schon fertig! Er ist sowieso nicht fair. Wenn sie damit vor Gericht gehen, wird er vielleicht sogar für null und nichtig erklärt. Und selbst wenn das nicht passiert, was können sie denn schon mit dir machen? Dir deinen Lebensunterhalt wegnehmen? Das kann dir doch nicht viel ausmachen. Es gibt genügend Arbeit. Dir verbieten, jemand für Geld zu heilen? Das magst du ja sowieso nicht. Und außerdem könntest du in einen anderen Bundesstaat gehen.«

Jakob denkt darüber nach. »Es gibt – es gibt aber noch einen anderen Grund«, gesteht er schließlich.

»Und der wäre?« Sharon kennt ihn nur zu gut, will ihn aber von ihm hören.

Jakob blickt zur Seite. »Sie.«

Sharons Augen leuchten. Sie berührt seinen Ärmel. »Ich würde mit dir mitgehen, Jakob. Das heißt, wenn du mich willst.«

Jakobs Gesicht strahlt vor Freude. Er kann es kaum glauben. »Wirklich?«

Sharon nickt langsam und lächelt.

»Und Ihre Karriere?«

Sharon lacht ziemlich bitter. »Meine Karriere! Du meinst doch nicht etwa das *Art Theater*?«

»Aber Sharon, eines Tages werden Sie den Durchbruch schaffen. Das weiß ich. Sie können jetzt nicht aufhören. Das könnte ich nicht von Ihnen erwarten.«

»Das ist nicht deine Angelegenheit, Jakob, sondern meine.«

»Ich weiß. Bloß –« Jakob bricht ab. Er bricht in ein jungenhaftes Freudengelächter aus. »Mögen Sie mich denn wirklich – so sehr?«

»Viel mehr als so sehr«, gesteht Sharon und lächelt ihn zärtlich an.

Er beugt sich vor, als wolle er sie küssen. Aber irgend etwas hält ihn zurück. Vielleicht kann er immer noch nicht ganz fassen, daß das alles wahr sein soll. Er strahlt über das ganze Gesicht. Sharon drückt sanft seine Hand. Dann steht sie auf und zieht ihn hoch.

»Komm, wir gehen und sagen es ihnen«, fordert sie ihn auf.

Hand in Hand gehen sie den Hügel hinunter.

*

Währenddessen sitzen Lou und Doc in der Praxis zusammen und beraten über eine neue Vorgehensweise. Mit Jakob sollen andere Saiten aufgezogen werden. Zacconi wird darauf bestehen, daß er ab nächster

Woche im *Art Theater* auftritt. Sie haben ihm lange genug alles durchgehen lassen. Zacconi wiederholt das mehrere Male, als müsse er sich selbst Mut machen. Es wird deutlich, daß er im Grunde ein wenig Angst vor Jakob hat und daß ihm der Gedanke, ihm das alles beibringen zu müssen, überhaupt nicht behagt. Das macht ihn besonders wütend.

Die Sprechstundenhilfe kommt herein und meldet, daß ein farbiger Mann im Vorraum sei, der dringend mit Mr. Ericson sprechen wolle.

»Warum haben Sie ihn überhaupt reingelassen?« fragt Doc ärgerlich. »Sie wissen doch, daß ich hier in der Praxis keine Nigger sehen will – die senken doch bloß das Niveau.«

Die Sprechstundenhilfe entschuldigt ihr Verhalten damit, daß er sehr hartnäckig gewesen sei und behauptet hätte, es gehe um Leben und Tod.

»Werfen Sie ihn raus!« ruft Zacconi ungeduldig.

Die Sprechstundenhilfe geht hinaus, hat anscheinend jedoch keinen Erfolg, denn Stimmen nähern sich der Tür, und dann kommt sie wieder herein, gefolgt von dem Neger, der bereits in der Kirche von Pfarrer Wood zu sehen war. Sein Name ist George Hamilton. Er ist sehr freundlich, gutmütig und von einer lächelnden Hartnäckigkeit, die jeden Widerstand im Keim erstickt. Zacconi springt mit einem Wutschrei auf. Die Sprechstundenhilfe zuckt mit den Schultern.

George Hamilton beginnt sofort mit einer Erklärung. Er sei nicht seinetwegen gekommen, sondern wegen seines Arbeitgebers, Mr. Medwin.

Bei diesem Namen spitzen Lou und Doc die

Ohren. »Sie meinen doch nicht etwa Earl C. Medwin?« fragt Zacconi aufgeregt.

Doch, genau den meint George. George ist der Chauffeur der Medwins. Der junge Mr. Medwin, der Sohn des verstorbenen Ölmillionärs, ist sehr krank. Schon immer krank gewesen. Irgend etwas mit dem Herzen. Es wird immer schlimmer. Mrs. Medwin, seine Mutter, hat bereits alle möglichen Ärzte hinzugezogen und die verschiedensten Heilmittel ausprobiert, aber nichts scheint zu helfen. Als Mr. Ericson Georges kleine Nichte heilte, ist George auf die Idee gekommen, daß er dem jungen Herrn vielleicht auch helfen könne. George hat seinen Arbeitgeber offensichtlich sehr gern.

In diesem Augenblick treten Jakob und Sharon ein. Jakob erkennt George wieder und schüttelt ihm herzlich die Hand. Doc und Lou schildern ihm aufgeregt die Situation. Dieser unerwartete Glücksfall läßt sie Jakob mit übergroßer Freundlichkeit behandeln. Das ist eine großartige Chance. Doc gibt Anweisungen, daß er heute keine Sprechstunde mehr halten wird.

»Los, gehen wir«, sagt Zacconi.

Sharon blickt Jakob an. Das ist die Gelegenheit, über ihre Absichten zu sprechen.

»Wir müssen Ihnen was sagen, Lou«, erklärt sie.

»Gut!« erwidert Lou, der jetzt sogar zu Sharon freundlich ist. »Ich will es mir gerne anhören, aber später. Wir dürfen Mr. Medwin jetzt nicht warten lassen.«

Jakob sieht Sharon hilflos an.

»Ich sollte wohl besser zu ihm gehen«, sagt er zu ihr. »Wenn er ein Freund von George ist.«

Sharon nickt. Ihr Gespräch mit Lou und Doc kann schließlich warten. George geht voraus zum Wagen. Das Liebespaar drückt sich zärtlich die Hände. Dann dreht sich Jakob um und folgt den anderen. Sharon blickt ihm liebevoll, aber mit einem etwas unguten Gefühl nach.

Teil Vier

In der großen Limousine der Medwins erklärt George Hamilton auf dem Weg nach Beverly Hills Zacconi, Doc und Jakob die Situation etwas genauer. Der junge Mr. Earl werde von zwei Ärzten behandelt, von denen einer ein hochrangiger Spezialist aus dem Osten des Landes sei. Natürlich würden sie von Wunderheilern nichts halten. Die betrachteten sie alle als Schwindler. Wenn die Ärzte und Mrs. Medwin wüßten, weshalb Mr. Ericson gekommen sei, würde er nie ins Haus gelassen werden. Aber George hat mit Mr. Earl gesprochen und ihn für die Idee erwärmt. Sie haben wochenlang auf diese Gelegenheit gewartet. Heute sind die Ärzte und Mrs. Medwin außer Haus. Bis auf das Personal ist niemand da, so daß Mr. Ericson nach oben in das Schlafzimmer des kranken Mannes geschmuggelt werden kann. George hat offensichtlich seinen Spaß an dieser kleinen Verschwörung.

Das Anwesen der Medwins besteht aus einer von einer wunderschönen Anlage umgebenen imposanten, im spanischen Stil erbauten Villa. Der Wagen hält vor dem Dienstboteneingang, und George bringt die drei Besucher eilig ins Haus. Dann flüstert er mit dem farbigen Koch, der erklärt, daß die Luft rein sei. Der englische Butler, ein ernstzunehmendes Hindernis, schläft in seinem Zimmer. Eins der ebenfalls eingeweihten farbigen Dienstmädchen hat angeboten, ein Auge auf Mr. Earl zu haben, weshalb die Pflegerin die Gelegenheit genutzt hat, einkaufen zu gehen. Man bekommt den Eindruck, das gesamte farbige Personal der Medwins beteilige sich an der gutgemeinten Verschwörung gegen die Ärzte und Mrs. Medwin und zugunsten von Jakob, von dem sie von vornherein überzeugt sind, weil er Georges kleiner Nichte geholfen hat.

Earl ist ein junger Mann von dreiundzwanzig Jahren, der noch sehr knabenhaft aussieht. Er ist mittelgroß, schmal und auffallend gutaussehend auf eine schwächliche und vage bösartige Art. An seiner Launenhaftigkeit, seinem Gelangweiltsein und seiner Fähigkeit zum Selbstmitleid erkennt man den chronisch Kranken. Er ist ein verwöhnter Egoist, aber dennoch attraktiv und voll jungenhaften Charmes. Sein enormes ererbtes Vermögen ist für ihn eine Selbstverständlichkeit. Es gibt nichts, was er sich nicht leisten könnte, und so langweilt ihn alles. Er ist wie ein Kind, das von teurem Spielzeug umgeben ist, aber keinen Spaß mehr daran hat. In sein Krankenzimmer eingesperrt, hat er von den einfachsten Dingen des täglichen Lebens erschreckend wenig Ahnung.

Seit seiner Kindheit leidet er an einer Herzerkrankung, einer Mitralstenose, die schmerzhafte und alarmierende Anfälle hervorruft; aber seine wahre Krankheit ist psychologischer Natur – die entsetzliche, nagende Angst des Herzpatienten. Er wird von Todesängsten heimgesucht. Dieser Zustand ist durch die Lebensweise, die seine Mutter ihm aufgezwungen hat, noch verschärft worden: verhätschelt und beschützt, denkt er ausschließlich über sich selbst und seine Krankheit nach. Zum einen läßt er sich gern wie ein Säugling behandeln und klammert sich an jegliche Form des Beschützt-werdens; zum anderen haßt er diese Abhängigkeit, ist unzufrieden, verabscheut die eigene Schwäche und sehnt sich nach Freiheit.

Dies ist also der Mann, zu dem die drei Besucher jetzt geführt werden. Zacconi und Doc sind so sehr darauf bedacht, Eindruck zu schinden und gleichzeitig sämtliche finanziellen Möglichkeiten, die sich aus dieser Situation ergeben könnten, auszuschöpfen, daß sie fast alles verderben. Doc beginnt mit einer blumigen Rede über seinen jungen Freund Ericson: das einfache, ungebildete Naturkind, das zu unterstützen und zu führen er, ein Mann der Wissenschaft, auf sich genommen habe. Dann unterbricht ihn Lou mit einer Aufzählung all der Dinge, die *er* sich als Verdienst anrechnet: die finanzielle Hilfe, die enormen Opfer, die er gebracht habe, weil er Vertrauen in Jakob hat und den sehnlichen Wunsch verspürt, der Menschheit zu helfen. Er bitte lediglich darum, sagt er, daß man ihm die Unkosten erstatte.

Earl hört den beiden einen Augenblick verwundert zu, dann wendet er sich ärgerlich an George.

»Wer von denen ist denn nun der Wunderheiler?« fragt er. »Du weißt doch, daß ich so viele Menschen gleichzeitig bei mir im Zimmer nicht vertrage. Das ermüdet mich. Schick die anderen weg.«

Und George befördert Doc und Lou freundlich,

aber entschieden aus dem Zimmer. Jakob ist mit dem jungen Millionär allein.

Der Kontrast zwischen den beiden könnte nicht größer sein. Neben Earl wirkt Jakob fast wie jemand aus der älteren Generation, wie ein erwachsener Mann mit einem Kind. Außerdem sieht er im Vergleich zu dem schmächtigen jungen Kranken enorm groß und stark aus.

Earl sieht ihn forschend an – als suche er in seinem Gesicht irgendein Zeichen dafür, daß er ihm trauen, daß er Beistand von ihm erwarten könne. Dieser Junge ist schon zu oft von Menschen, die behauptet hatten, ihm helfen zu können, enttäuscht worden.

»Wissen Sie«, sagt er schließlich, »Sie sind überhaupt nicht so, wie ich erwartet hatte. Ich dachte, Sie würden viel älter sein.« Er hält inne, betrachtet Jakob weiterhin eingehend. In seinen schönen, sehr ausdrucksvollen Augen zeigt sich akute Angst, vermischt mit einer gewissen spöttischen Feindseligkeit.

»Was hat George von mir erzählt?« fragt er abrupt.

»Nicht sehr viel. Dazu war gar keine Zeit.«

»Ich nehme an, er hat Ihnen erzählt«, fährt Earl fort, und seine Feindseligkeit gewinnt die Oberhand, »daß ich Millionär bin?«

»Ja, das hat er«, antwortet Jakob schlicht.

»Ich nehme an, er hat Ihnen erzählt, daß es nichts gibt, was Mutter nicht für Sie, und für ihn, tun würde – wenn Sie mich heilen könnten?«

»Nein, das hat er nicht gesagt. Er möchte bloß, daß Sie gesund werden. Er mag Sie gerne leiden.«

Earl lächelt ironisch. »Und Ihre beiden Freunde – mögen die mich auch einfach gerne leiden?«

Darüber muß Jakob lachen. »Also, nein. Das wohl nicht unbedingt.«

Earl lacht auch. »Sagen Sie mal, wo in aller Welt haben Sie denn diese beiden schrägen Vögel aufgegabelt?«

In kurzen, einfachen Worten erzählt Jakob die Geschichte von seiner Verbindung mit Doc und Lou. Er erzählt von seinem Leben in der Wüste und, leicht errötend, von Sharon.

Sein Bericht macht großen Eindruck auf Earl. So etwas hat er noch nie gehört. Jakobs Schilderung seiner Abenteuer bewegt und fasziniert ihn; er scheint eine Ahnung von einer anderen Welt zu bekommen. Sein argwöhnischer und feindseliger Ton wird freundlicher, und er beginnt, Jakob über seine Heilkünste zu befragen.

Jakob antwortet auf seine gewöhnliche bescheidene Art und Weise, stellt keine kühnen Behauptungen auf, gibt Fehlschläge zu, beteuert, daß sich diese Kraft nicht von ihm steuern läßt, sondern von außen zu kommen scheint und ihn nur als Werkzeug benutzt.

»Glauben Sie, Sie können mich heilen?« fragt Earl nach einer langen Pause.

»Das weiß ich nicht. Ich kann es versuchen«, antwortet Jakob. Dann fragt er mit der für ihn charakteristischen Direktheit: »Wollen Sie denn geheilt werden?«

Earl starrt ihn an. Diese Frage hat ihm bisher noch nie jemand gestellt.

»Es gibt Leute, die das gar nicht wollen«, erklärt ihm Jakob. »Das merke ich immer sofort, wenn ich mit der Arbeit anfange. Ich spüre es. Die Leute *glauben*, daß sie gesund werden wollen, aber in ihrem tiefsten Inneren wollen sie es gar nicht. Man kann spüren, wie sie sich an ihrer Krankheit festklammern. Sie kennen sie, haben sich daran gewöhnt und wissen nicht, was sie ohne sie anfangen sollten. Das macht ihnen Angst.«

Earl schweigt, denkt darüber nach.

»Haben Sie schon jemals darüber nachgedacht«, fährt Jakob fort, »was Sie tun würden, wenn Sie gesund wären?«

»Was meinen Sie wohl, worüber ich sonst nachdenke?« Earl klingt bitter.

»Und was würden Sie tun?«

»Also, ich würde – ich würde ausgehen, das Leben genießen, mich amüsieren – so wie alle anderen jungen Männer auch.«

Jakob schüttelt den Kopf und lächelt sanft. »So einfach ist es nicht. Das Leben sieht ganz anders aus, wenn man auf eigenen Füßen steht. Selbst wenn man Millionär ist.«

Earl lächelt auch. »Da haben Sie wohl recht. Aber darauf würde ich es ankommen lassen.«

»Gut!« Jakob nickt ermutigend. »Und denken Sie daran, Sie müssen mir soviel helfen, wie Sie nur können. Wir müssen das zusammen machen.«

Einen Augenblick spricht Earl auf diese ermutigenden Worte an. Dann gewinnen seine übliche Depression und Schwächlichkeit wieder die Oberhand.

»Sie wissen, was ich habe, nicht wahr?« fragt er.

»Irgend etwas am Herzen.«

»Irgend etwas am Herzen«, wiederholt Earl und

lacht gequält auf. Plötzlich wendet er sich ungestüm dem großen französischen Fenster zu, das auf den Balkon vor seinem Zimmer führt.

»Ziehen Sie den Vorhang vor«, flüstert er in befehlendem Ton.

Jakob tut wie geheißen. Nach einem kurzen Schweigen spricht der Kranke wieder: »Ich nehme an, Sie sind im Krieg gewesen?«

Jakob nickt.

»Und was war da das Allerschlimmste?«

Jakob überlegt. »Der Lärm, glaube ich.«

»Der Lärm? Ich hätte eher gedacht, daß der einen davon bewahrt, sich das Hirn zu zermartern. Mir macht nämlich die Stille zu schaffen. Auf das zu lauschen, was einen in der Stille verfolgt.«

Er schaudert. Es zuckt in seinem Gesicht. Um sich zu beruhigen, trinkt er einen Schluck Wasser aus dem Glas auf seinem Nachttisch. Jakob beobachtet ihn mit einem Ausdruck tiefsten Mitgefühls.

Dann zieht er einen Stuhl dicht an das Bett heran, setzt sich und legt eine Hand auf die Brust des Kranken.

»Versuchen Sie, sich zu entspannen«, sagt er. »Sie sind vollkommen verkrampft. Das spüre ich.« Er streicht Earl mit der Hand übers Herz. »Es ist, als würden Sie sich an sich selbst festhalten – sich selbst mit solcher Kraft umklammern, daß das Blut nicht frei fließen kann. Sie haben Angst, und Sie wollen sich an irgend etwas festhalten, aber Sie haben sich selbst zu packen gekriegt, und nun schnüren Sie sich selbst das Leben ab. Sie brauchen keine Angst zu haben. Lassen Sie los, es geht schon. Lassen Sie los.«

Er streicht eine Weile mit den Händen über Earls Körper, dann lächelt er und nickt ermutigend.

»So ist's besser. So ist's viel besser.«

Seine Hände kehren zum Herzen zurück und bleiben dort liegen. »Genau wie ein Mann, der am Ertrinken ist«, murmelt er vor sich hin. »Er klammert sich an etwas fest, von dem er hofft, daß es ihn retten wird. Aber es ist sein eigener Hals. Er schnürt sich selbst die Luft ab.«

Seine Hände bewegen sich ununterbrochen, streichen sanft über das Herz.

»Lassen Sie los«, wiederholt er immer wieder. »Lassen Sie los. Ich will nicht, daß Sie sich an sich selbst festklammern. Ich möchte, daß Sie loslassen. Ich möchte, daß Sie sich nicht länger dagegen wehren, gesund zu werden.«

Earls nervöse Anspannung läßt nach; er schließt die Augen; seine Atemzüge werden ruhiger und tiefer; er läßt sich in die Kissen zurücksinken. Es folgt ein langes Schweigen. Dann nimmt Jakob seine Hände von Earls Brust und lehnt sich auf seinem Stuhl zurück.

Plötzlich richtet sich Earl im Bett auf. Sein Gesicht bekommt einen ungläubigen Ausdruck, und er flüstert:

»Ich glaube ... es geht mir besser.« Dann wendet er sich dem Fenster zu, als wolle er bestätigt sehen, was er noch nicht ganz akzeptieren kann.

»Der Vorhang – ziehen Sie ihn wieder auf.«

Jakob erhebt sich und zieht ihn auf. Earl starrt angestrengt auf den Balkon. Sein Zweifel verwandelt sich in staunende Freude.

»Es ist weg!« ruft er schließlich aus.

»Was ist weg?« fragt Jakob.

Earl blickt ihn an, zögert einen Augenblick und beginnt dann zu erzählen. Seit Wochen, vertraut er Jakob an, ist er von dem Gefühl, von der Überzeugung besessen gewesen, daß da auf dem Balkon irgend etwas ist – irgend etwas, das ihn durchs Fenster hindurch anstarrt, wenn er nicht hinguckt; das ins Zimmer eindringt, wenn er schläft, und neben dem Bett steht, ihn ansieht und wartet und wartet … Er schaudert und blickt noch einmal furchtsam zu dem französischen Fenster hinüber, immer noch von der Todesangst verfolgt, die ihn in der letzten Zeit so gepeinigt hat. Dann klärt sich sein Gesicht auf. Es ist nichts zu sehen.

»Es ist weg!« wiederholt er fast schon ekstatisch.

»Weil Sie es losgelassen haben«, antwortet Jakob.

»Ja«, stimmt Earl ihm eifrig zu, »das ist wahr. Jetzt weiß ich, was Sie meinen. Sie haben gesagt, ich müsse Ihnen helfen. Ich glaube, das kann ich. Als Sie eben Ihre Hände auf mich gelegt haben, da wurde mir alles mit einem Mal ganz klar. Ich sah, daß ich loslassen mußte. Ich *wußte,* daß ich loslassen konnte. Teufel auch, das war ein Gefühl! Ich habe bisher nur nie gewußt, wie ich es anstellen sollte. Noch nie in meinem ganzen Leben …«

Jakob lächelt weise. Um Earl etwas zu beruhigen, beginnt er, von sich selbst zu sprechen. Er erzählt Earl, wie auch er immer verkrampft und mutlos gewesen sei, nachdem er aus dem Krieg zurückgekehrt war. Was ihn geheilt hatte, waren die Tiere, die er um sich hatte und deren Verhalten er beobachtete. Sie nehmen alles, wie es kommt. Sie schimpfen nicht und philosophieren nicht über die Zukunft. Für sie gibt es nichts anderes als den Augenblick. Er erzählt Earl von seinen Haustieren. Earl will sie sehen. Er hat nie irgendwelche Haustiere gehabt, da seine Mutter keine mag und man sie als zu unhygienisch für ein Krankenzimmer erachtet hatte.

»Ich habe noch soviel zu lernen«, sagt er nachdenklich und mit einer für ihn ungewohnten Demut. Dann fügt er plötzlich besorgt hinzu: »Sie bleiben doch hier, nicht wahr, Jakob? Ich brauche Sie jetzt, brauche Sie wahrscheinlich mehr als ich je irgend jemanden gebraucht habe. Alleine schaffe ich das nicht. Das weiß ich. Ich muß Sie ständig bei mir haben, damit Sie mich unterweisen können. Wenn Sie mich jetzt verlassen – das wäre schlimmer, als wenn Sie nie gekommen wären. Sie werden mich doch nicht verlassen, oder?«

»Ich werde Sie nicht verlassen«, verspricht Jakob, »solange Sie mich noch brauchen«.

»Und das wird sehr, sehr lange sein«, sagt Earl und lächelt Jakob aus seinem neugewonnenen Gefühl der Sicherheit heraus glücklich an.

Aber jetzt sind vor der Tür erregte, ungehaltene Stimmen zu vernehmen.

Herein rauscht Mrs. Medwin, Earls Mutter, gefolgt von zwei Ärzten, Dr. Rowan, dem Hausarzt, und Dr. Krebs, dem großen Spezialisten von der Ostküste, der zu Konsultationen herangezogen worden war. Ihnen folgen, unentwegt redend, Zacconi und Doc.

Mrs. Medwin, eine kleine, zerbrechlich aussehende Frau, hinter deren zierlicher Schönheit sich die Seele einer Despotin in Samthandschuhen verbirgt, steuert direkt auf das Bett zu, wobei sie Jakob vollkommen ignoriert.

»Liebling!« jammert sie. »Was haben Sie bloß mit dir gemacht?«

Earl, der sich sehr unbehaglich fühlt, versucht vergeblich, sie zu beruhigen.

»Aber Mutter, mir geht es gut. Jakob und ich haben uns ein wenig unterhalten. Mutter, das ist Mr. Ericson ...«

Mrs. Medwin nimmt Jakobs Anwesenheit jedoch nur mit einem knappen Nicken zur Kenntnis. Sie wendet sich sofort wieder ihrem Sohn zu und fährt fort:

»Das ist alles meine Schuld, Liebling. Ich dürfte dich nie allein lassen. Nicht einen einzigen Augenblick. Mein Gott, gibt es denn in diesem Haus niemanden, dem ich trauen kann?«

»Aber Mutter!«

»Muß ich denn alles selber machen? Muß ich überall gleichzeitig sein? Kann ich denn von niemandem wenigstens ein kleines bißchen Loyalität erwarten? Das ist ja, als wenn einem hinterrücks ein Dolchstoß versetzt wird. Ich komme nach Hause, und wen finde ich da vor? Diese beiden gräßlichen Menschen.«

Entrüstete Proteste von Zacconi und Doc.

»Es ist alles Georges Schuld«, fährt Mrs. Medwin fort, wobei ihre schönen, vorwurfsvollen Augen ganz feucht werden. »Und ich hatte ihm blind vertraut. Also, er muß sofort gehen. Ich will ihn nicht einen einzigen Augenblick länger hier im Hause haben.«

Zwei Stunden tobt die Auseinandersetzung, im oberen Stockwerk sowie im Erdgeschoß. Die beiden Ärzte sind tödlich beleidigt. Dr. Krebs droht, sofort an die Ostküste zurückzukehren. Dr. Rowan findet, er müsse sich von diesem Fall zurückziehen. Waldo, der vehement dagegen protestiert, wie ein betrügerischer Quacksalber behandelt zu werden, beruft sich auf seine Standeszugehörigkeit und erhebt Anspruch auf Kollegialität. Die beiden Ärzte bürsten ihn ab, als sei er eine Art übelriechender Tausendfüßler. Die Pflegerin, der Pflichtvergessenheit bezichtigt, ist in Tränen aufgelöst. Das Personal wird geschlossen entlassen und später, als Mrs. Medwin sich langsam beruhigt hat, wieder eingestellt.

Schließlich herrscht dann wieder Friede oder zumindest Waffenstillstand. Mrs. Medwin muß zu ihrer tränenreichen Bestürzung erkennen, daß Earls Entschluß, Jakob an seiner Seite zu behalten, unumstößlich ist. Das ist das erste Mal, daß er seinen Status als Herr des Hauses zu beanspruchen scheint, und sie kann nichts dagegen unternehmen. Jakob wird bleiben. George wird seine Anstellung nicht verlieren. Was die anderen tun und lassen, ist Earl egal.

So werden Krebs und Rowan mit Komplimenten und weiblichen Schmeicheleien besänftigt, die Mrs. Medwin nur zu gut an den Mann zu bringen weiß. Zacconi und Doc werden wie Erpresser vom Anwesen gejagt, wobei sie sich bereits um den enorm hohen Scheck streiten, den Mrs. Medwin ihnen – unter Androhung rechtlicher Schritte, sollten sie es wagen, sich auch nur noch ein einziges Mal in ihrem Hause blicken zu lassen – wütend in die Hände gedrückt hat. Was Jakob angeht, so wird ihm widerwillig das blaue Gästezimmer zugewiesen. George soll seine wenige Habe im »Psycho-Magnetischen Ärztezentrum« abholen.

Earl überrascht den Haushalt außerdem mit der Ankündigung, daß er heute zum Abendessen nach unten kommen will. Zuerst verbieten die beiden Ärzte ihm dies ausdrücklich, aber Earl ist so fest dazu entschlossen, daß sie widerstrebend ihre Einwilligung geben, um zu vermeiden, daß er sich noch mehr aufregt und einen weiteren Herzanfall bekommt. Und so wird Earl mit unendlicher Vorsicht, einer Menge Decken und viel ängstlichem Getue die Treppe hinuntergetragen.

Die Atmosphäre während der Mahlzeit sinkt mehrere Grad unter den Gefrierpunkt. Mrs. Medwin, nach außen hin liebenswürdig – sie weiß aus einem strategischen Rückzug das beste zu machen –, beobachtet Jakobs Tischmanieren mit Argusaugen.

Der englische Butler betrachtet Jakobs schlecht geschnittene Kleidung mit einem Ausdruck der Resignation und des ästhetischen Abscheus. Die Ärzte verharren in eisigem Schweigen.

Doch Jakobs entwaffnende Freundlichkeit bleibt davon unberührt, und Earl, der von seinem neuen Freund entzückt ist, lacht und scherzt und versucht seine Mutter in die Unterhaltung mit einzubeziehen.

»Mein Gott«, ruft er aus, »ich habe schon seit Jahren nicht mehr so viel Spaß gehabt!«

Und das Traurige daran ist, daß er offensichtlich die reine Wahrheit sagt.

Teil Fünf

Es sind noch keine zwei Wochen vergangen, aber bei den Medwins haben große Veränderungen stattgefunden.

Earl ist draußen im Garten, und keineswegs in einem Rollstuhl; er sitzt auf dem Rasen, trägt einen Anzug und lacht und spielt mit Jakobs Lemur und seinen anderen Haustieren, die sich auch in den prachtvoll angelegten Blumenbeeten tummeln. Der launenhafte, ängstliche Kranke aus der vorherigen Szene ist kaum noch wiederzuerkennen. Earl scheint in jeder Hinsicht ein normaler junger Mann zu sein, außer daß seine überschäumende Begeisterung und seine gute Stimmung ihn jünger erscheinen lassen, als er in Wirklichkeit ist. Alles bereitet ihm Freude: der Sonnenschein, die Blumen, die Bäume, der blaue Himmel über ihm. Er genießt es, am Leben zu sein, und zwar auf eine Art und Weise, wie es nur wenige Erwachsene können, es sei denn, sie sind gerade aus dem Krankenhaus oder dem Gefängnis entlassen worden. Alles, was er im Freien hören, sehen, riechen und berühren kann, sei es auch noch so alltäglich, ist neu für ihn und kommt ihm immer noch staunenswert schön vor.

Jakob ist natürlich bei ihm. Sie sind selten getrennt. Selbst wenn Jakob ihn nur für ein paar

Minuten verläßt, wird Earl unruhig. Darin offenbart sich seine Schwächlichkeit und totale Abhängigkeit von dem älteren Mann. Seine ganze Kraft, seine ganze Sicherheit rührt von Jakob her. Er hat noch nicht den Punkt erreicht, wo er auf eigenen Füßen stehen kann.

Das Verhalten des Personals ändert sich angesichts der neuen Situation von Grund auf. Die Dienstboten singen bei der Arbeit, George strahlt von einem Ohr zum anderen, die jüngeren Mädchen sind verschossen in Mr. Earl. Alle bemerken jetzt, wie gut er aussieht und wie attraktiv er ist. Und alle mögen Jakob. Den Gärtner stört es nicht, daß seine kostbaren Blumen von den Tieren zerstört werden. Sogar der Butler ist aufgetaut und erzählt englische Witze.

Earl selbst ist zu allen liebenswürdig. Jetzt, da er sich so glücklich fühlt, kann er sich das leisten. Er hat begonnen, großes Interesse an den für ihn arbeitenden Menschen zu zeigen und erkundigt sich nach ihren Familienverhältnissen und Problemen. Er bittet George, doch einmal seine kleine Nichte und auch die Kinder des Kochs vorbeizubringen.

Mrs. Medwin und Dr. Krebs beobachten die Szene im Garten mit großer Aufmerksamkeit. Dr. Krebs ist im Begriff, an die Ostküste zurückzukehren, wo andere, dringendere Fälle auf ihn warten. Ob er wirklich meine, daß Earl geheilt sei, fragt Mrs. Medwin.

Der große Spezialist zuckt mit den Schultern. »Geheilt« sei ein Wort, daß man in solchen Fällen nicht anwenden könne. Mit Sicherheit habe eine Besserung stattgefunden, die vielleicht von Dauer sein werde, vielleicht aber auch nicht. Ein Großteil hänge vom psychischen Faktor ab – er deutet auf Jakob –, und der sei ziemlich unberechenbar. Im großen und ganzen ist er, obwohl er das nicht ausspricht, offensichtlich pessimistisch. Sollte man ihn brauchen, versichert Dr. Krebs Mrs. Medwin, werde er jederzeit alles stehen- und liegenlassen und innerhalb von vierundzwanzig Stunden hergeflogen kommen. Für die nächste Zukunft rät er zu äußerster Vorsicht und warnt vor übertriebenem Optimismus. Earl müsse noch immer als Kranker gelten. Taktvoll deutet Dr. Krebs an, daß er schon eine ganze Menge solcher »Wunderheilungen« gesehen hat. Oft erzielten sie beachtliche zeitweilige Erfolge, die jedoch lediglich einer Art psychologischen Vitaminspritze zu verdanken seien, welche sich die Energiereserven des Patienten zunutze machte. Wenn diese erschöpft seien, tja, dann könne man nur hoffen, daß kein wirklich schwerer Rückfall einträte.

Mrs. Medwins Gefühle sind etwas durcheinander. Es besteht keine Notwendigkeit, sie vor Optimismus zu warnen; sie verbringt ihr ganzes Leben in einem Strudel von Ängsten und Sorgen, die sie unbewußt auf ihren Sohn übertragen hat. Aber trotzdem vermag sie das, was sie mit ihren eigenen Augen sehen kann, nicht vollkommen zu ignorieren. Earl ist wie verwandelt; er ist auf den Beinen und tut Dinge, die vor kaum zwei Wochen reiner Selbstmord gewesen wären. Und sie versichert ihrem Sohn sehr emotional und liebevoll ein ums andere Mal, wie glücklich sie darüber ist.

Aber ist sie wirklich glücklich? Im Unterbewußtsein ist sie es nicht, obwohl sie das nie zugeben würde, nicht einmal vor sich selbst. Ihre ganze Mutterliebe, mit der sie sich so gern brüstet, ist in Wirklichkeit reiner Machtwille. Solange Earl hilflos war, gehörte er ihr, war er ihr Baby, ihr Opfer, ihr Eigentum. Jetzt hat sie das Gefühl, als entziehe er sich ihrem Machtbereich.

Sie weiß besser als irgend jemand anders, daß sich der neue, erstarkte Earl nicht lange damit zufriedengeben wird, lediglich die Blumen zu bewundern, den Sonnenschein zu genießen und mit Tieren zu spielen. Er wird seinen eigenen Weg gehen wollen, und was immer das für ein Weg sein wird, er wird ihn hinaus in die Welt führen. Sie wird ihn zwangsläufig verlieren.

Auf Jakob, von dem Earl jetzt viel abhängiger ist, als er es je von ihr gewesen war, ist sie rasend eifersüchtig. Aber gerade weil Jakob ihr Gegenspieler ist, sagt ihr ihr Instinkt, daß sie sich mit ihm gut stellen sollte, bis der Tag kommt, an dem sie ihn ein für allemal loswerden kann.

Und so ist sie äußerst liebenswürdig zu Jakob, lobt ihn und schmeichelt ihm auf jede erdenkliche Weise, lauert jedoch ständig darauf, vielleicht irgendeine verborgene Charakterschwäche zu entdecken, die sie für ihre eigenen Zwecke ausnutzen kann.

Jakob wundert sich über diesen völligen Sinneswandel Mrs. Medwins, aber die Lauterkeit seiner Beweggründe schützt ihn. Er scheint kein Geld zu wollen, stellt sie fest. Und wenn sie andeutet, daß Earl nicht zu abhängig von ihm werden dürfe – ihr geliebter Junge sei ja so beeinflußbar –, bringt Jakob sie durch seine Zustimmung völlig aus der Fassung.

Sobald sie glaubt, Earl könne ohne ihn zurechtkommen, werde er gern wieder fortgehen.

Bei Earl geht sie nach derselben Taktik vor. Sie lobt Jakob in den höchsten Tönen: so ein charmanter Junge, so unschuldig, so unkompliziert, so vollkommen ohne Arg. Und so vollkommen ohne jede Kultur, ohne jede Bildung, versteht sie anzudeuten.

Aber Earl, der jede Tonart seiner Mutter kennt, durchschaut ihr raffiniertes Vorgehen sofort. »Du kannst ihn nicht leiden«, sagt er ihr auf den Kopf zu. »Und du brauchst gar nicht erst so zu tun, als ob du ihn magst. Du bist eifersüchtig auf ihn, weil du mich weiterhin so herumkommandieren willst, wie du es bisher getan hast. Aber das sage ich dir: Er ist der erste Freund, den ich je in meinem ganzen Leben gehabt habe, und ich werde ihn behalten, was auch kommen mag.«

Earl ist richtig wütend. Mrs. Medwin erkennt, daß sie zu weit gegangen ist, und flüchtet sich in Tränen. »Als wenn ich dir seit dem Tag deiner Geburt jemals irgend etwas nicht gegönnt hätte, Liebling. Ich würde mein Leben dafür geben, dich glücklich zu machen! Aber wenn du mich nicht mehr um dich haben willst, dann gehe ich eben ganz weg von hier. Ich würde alles auf der Welt tun, um dir eine Freude zu machen.«

Das ist zuviel für Earl, der ein weiches, labiles, warmherziges Wesen hat. Tief bekümmert nimmt er alles, was er gesagt hat, zurück. Er habe es nicht wirklich so gemeint. Er könne es nicht ertragen, seine Mutter weinen zu sehen. Er liebe sie, das wisse sie doch. Er wisse, wieviel sie immer für ihn getan habe, welche Opfer sie gebracht habe. Trotzdem wird deutlich, daß er keineswegs dazu bereit ist, auf Jakob zu verzichten.

»Müssen wir uns denn unbedingt streiten«, fragt er voller unschuldigem Egoismus, »gerade jetzt, wo ich so glücklich bin?«

Und so zieht Mrs. Medwin sich zurück und sammelt Kräfte für die nächste Runde.

*

Jakob hat unterdessen ständig an Sharon denken müssen. Earls totale Abhängigkeit hat ihn, trotz all seiner Versuche, wenigstens für ein paar Stunden zu entfliehen, zu einem Gefangenen der Medwins werden lassen. Jetzt gelingt es ihm jedoch, einen freien Abend zu erbetteln, und er eilt zur Main Street.

Als Sharon aus dem Bühneneingang des *Art Theater* tritt, wartet Jakob dort auf sie.

Sharon grüßt ihn recht kühl. Sie hat sich vernachlässigt gefühlt. Es stellt sich heraus, daß Jakob mehrere Male versucht hat, sie anzurufen, und daß sie sich nach seinen ersten Erklärungen, er könne dort nicht weg, geweigert hat, überhaupt noch ans Telefon zu gehen. Da sie Earl noch nicht kennengelernt hat und nichts von der eigentümlichen Lebensweise der Medwins weiß, fällt es ihr natürlich schwer zu glauben, daß Jakob in den letzten beiden Wochen wirklich überhaupt keine Zeit gehabt hat, sie zu besuchen.

Jakob, den ihr Verhalten sehr verstört, erklärt ihr die Situation, so gut er kann. Sharon hat ihm schon bald verziehen. Sie gibt zu, eifersüchtig gewesen zu sein. Sie hat sich alles mögliche eingebildet, überlegt, ob Earl vielleicht eine Schwester hat oder eine hübsche kleine Pflegerin. Beide lachen über ihre Befürchtungen. Schon bald gehen sie wie ein Liebespaar Arm in Arm die Straße entlang.

Aber irgend etwas beschäftigt Jakob. Bevor er losging, hatte er Earl für seine wenigen Stunden Freiheit versprechen müssen, Sharon am nächsten Tag mit vorbeizubringen. Earl ist in dieser Beziehung wie seine Mutter: er will das Leben der Menschen um ihn herum vollkommen in Besitz nehmen. Er hat Jakob so oft von Sharon reden hören, daß er es nicht ertragen kann, sie außerhalb seines Einflußbereiches zu wissen. Solange er sie nicht kennt, hat er das Gefühl, daß sie ihm einen Teil von Jakob wegnimmt.

Sharon zeigt sich unerwartet abgeneigt. Irgendein Instinkt warnt sie davor, sich mit den Medwins einzulassen. Sie will mit Stadtmenschen nichts mehr zu tun haben. Und Jakob soll auch nichts mehr mit ihnen zu tun haben. Jetzt, da sie sich entschlossen hat, dieses Leben für immer aufzugeben, liegt ihr viel daran, auch den letzten Schritt zu tun – vielleicht, weil sie irgendwo im Hinterkopf noch einen schwachen Zweifel hegt, ein leises Bedauern.

»Du und ich, wir gehören nicht in diese Kreise«, erklärt sie Jakob. »Was bringt es, mit reichen Leuten zu verkehren, wenn man kein Geld hat? Da kommt man bloß auf dumme Gedanken.«

Jakob ist selbst so völlig immun gegen den Reiz des Geldes, daß er ihren Standpunkt nicht ganz verstehen kann. Für ihn ist Earl noch immer einfach nur ein kranker Junge, der ihn braucht. Es hätte genausogut einer der Farbigen aus Pfarrer Woods Kirche sein können. Eigentlich ist ihm das vornehme Leben bei den Medwins sogar unbehaglich. Dort zu bleiben ist für ihn ein beträchtliches Opfer. Aber wenn Sharon käme, dann wäre es nicht so schlimm. Wenn sie sich ab und zu sehen könnten, dann würde es ihm nichts ausmachen.

Sein vages »ab und zu« beunruhigt Sharon. Wie lange, möchte sie wissen, will er eigentlich noch dortbleiben? Was ist mit ihren Plänen? Hat Jakob die ganz vergessen?

Er versichert ihr, daß er sie nicht vergessen hat. Er vergißt sie nicht einen Augenblick. Bald wird Earl ihn nicht mehr brauchen. Dann können er und Sharon Los Angeles für immer den Rücken kehren, das wird einfach wunderbar!

Sein Eifer und seine Ehrlichkeit tun ihre Wirkung. Sharon gibt nach. Sie willigt ein, am nächsten Tag zu den Medwins herauszukommen, wenn sie ihm damit eine Freude machen kann.

»Aber der Himmel mag wissen«, fügt sie lächelnd hinzu, »was Mr. Medwin von deiner Freundin halten wird. Ich habe überhaupt nichts Vernünftiges anzuziehen!«

*

Jakob hat natürlich keinen Hehl daraus gemacht, welchen Beruf Sharon ausübt. Und so bereitet sich Mrs. Medwin auf die Konfrontation mit einem neuen Gegner vor. Ein Showgirl! In ihrem Hause! Zweifellos irgendeine ordinäre kleine Goldgräberin, die versuchen wird, in der High Society Fuß zu fassen, indem sie den so leicht beeinflußbaren Earl zum Narren macht. Sie beschließt, Sharon von Anfang an ausgesprochen frostig zu begegnen.

Sharons Auftritt ist dann jedoch eine große Überraschung. Statt des aufgedonnerten Showgirls, das Mrs. Medwin erwartet hatte, erscheint eine charmante junge Frau, einfach, aber geschmackvoll gekleidet, sehr zurückhaltend, sehr bescheiden.

Mrs. Medwin fragt sie unauffällig, aber geschickt, beim Tee aus und ist angenehm überrascht zu hören, daß Sharon sogar aus »besseren Kreisen« stammt. Ihr Vater ist tatsächlich ein Universitätsprofessor! Sharon redet natürlich nur sehr widerwillig über die Carters, aber ihre Zurückhaltung wird von Mrs. Medwin als ein Zeichen von Bescheidenheit akzeptiert.

Statt Earl schöne Augen zu machen, scheint sie kaum Notiz von ihm zu nehmen. Es ist offensichtlich, daß Sharon sehr in Jakob verliebt ist; darüber hinaus zerstreut sie Mrs. Medwins Befürchtungen, als sie klarstellt, daß sie die Absicht hat, ihn so bald wie möglich aus dem Hause der Medwins und aus Los Angeles herauszubringen. Als der Nachmittag zu Ende geht, betrachtet Mrs. Medwin das Mädchen als eine potentielle Verbündete.

Earl ist von Sharon entzückt. Seine Erfahrungen mit Mädchen sind bisher zwangsläufig auf seine Pflegerinnen beschränkt gewesen, und Mrs. Medwin hat für diese Aufgabe mit Bedacht die weniger attraktiven ausgewählt. Earl ist von Natur aus ein höchst emotionaler und erotischer Mensch. Doch im Augenblick, in dieser ersten euphorischen Phase seiner Genesung, sieht er sich noch nicht in einer Verbindung mit irgendeinem Mädchen. Er ist völlig zufrieden damit, sich in Sharons und Jakobs Liebe zu sonnen.

Nachdem Sharon gegangen ist, spricht er den ganzen Abend von ihr und gratuliert Jakob zu seinem Glück. Jakob hört ihm frohgestimmt zu. In Wahrheit hat Earl von ihrer Romanze Besitz ergriffen und betrachtet sie mit einer Art wehmütiger, brüderlicher Freude. Er hat sogar schon den Plan gefaßt, die Trauung von Jakob und Sharon auf dem Anwesen der Medwins stattfinden zu lassen. Von jetzt ab, erklärt er, werden sie alle drei die besten Freunde sein und so oft wie möglich zusammenkommen.

*

Die Medwins besitzen bereits seit Jahren in der Nähe von Santa Monica ein Haus am Meer. Es ist bisher kaum benutzt worden, aber jetzt beginnt Earl, der des Gartens schließlich doch ein wenig überdrüssig ist, mit Jakob dort hinzufahren, um den Tag in der Sonne zu verbringen. Und Sharon ist natürlich auch eingeladen.

Während Jakob mit den Hunden den Strand entlangläuft, hat Earl Gelegenheit, sich allein mit Sharon zu unterhalten.

Natürlich sprechen sie über Jakob. Das ist das einzige, was sie miteinander verbindet. Earl fragt Sharon, was sie und Jakob vorhaben, wenn sie verheiratet sind. Sharon antwortet, daß sie wahrscheinlich irgendwo auf dem Lande leben und arbeiten werden, irgendwann eine Ranch kaufen, sich niederlassen, Kinder haben und dann dort den Rest ihres Lebens verbringen werden. Dabei schwingt eine leise Wehmut in ihrer Stimme mit, ein Anflug von Resignation. Das bleibt Earl, der außergewöhnlich sensibel und aufmerksam ist, nicht verborgen.

»Und Ihre Singerei?« fragt er.

»Vielleicht gefällt sie ja den Kühen und den Hähnen«, sagt Sharon, für die das immer noch ein wunder Punkt ist.

»So dürfen Sie nicht reden«, meint Earl. »Sie müssen an sich selbst glauben.«

Das Verständnis, das ihr dieser gutaussehende junge Mann entgegenbringt, tut ihr wohl. Vielleicht sogar mehr, als sie zuzugeben gewillt ist.

»Ich bin bisher kaum ermutigt worden«, sagt sie, wobei die alte Bitterkeit in ihren Worten mitschwingt.

»Jakob glaubt an Sie«, ruft ihr Earl in Erinnerung.

Jakob ...« Sharon lächelt. »Das ist was anderes. Das tut er nur mir zuliebe. Und außerdem hat er von Musik keine Ahnung.«

»Ich glaube an Sie«, sagt Earl leise und sehr ernst.

»Oh, wirklich, Earl?« Das ist das erste Mal, daß sie ihn bei seinem Namen genannt hat. »Oder machen Sie sich lustig über mich?«

»Sie *wissen* doch, daß ich das nicht tun würde. Sie können alles schaffen, was Sie sich vornehmen. Sie können eine große Sängerin werden. Sie haben eine wunderbare Stimme, Sie haben Stil, und Sie sind schön.«

Sharon lacht. Earl ist auf seine Art genauso naiv

wie Jakob. Trotzdem freut sie sich und fühlt sich geschmeichelt und ist aufgeregt; immerhin ist er doch ein gebildeter, kultivierter Mensch. Seine Meinung muß doch etwas wert sein. Er spricht mit soviel Überzeugung. Und er hat so schöne Augen.

»Wie wollen Sie wissen, was Sie alles können?« fährt er, seinen augenblicklichen Vorteil nutzend, fort. »Sie haben es ja noch gar nicht probiert.«

»Ich habe meine Chance gehabt. Aber ich habe es zu nichts gebracht.«

»Das nennen Sie eine Chance? Diese Pennbrüder auf der Main Street würden doch Mary Garden nicht von einem Gockelhahn unterscheiden können.«

Sharon muß zugeben, daß er recht hat.

Und dann unterbreitet Earl ihr seinen Plan. Er hat sich die Sache durch den Kopf gehen lassen und auch schon eine Lösung gefunden: Der Geschäftsführer des *Star and Garter*, einer der exklusivsten Nachtclubs Hollywoods, war ein guter Freund seines Vaters. Einige der Medwin-Millionen haben seinem Club damals auf die Beine geholfen. Er, Earl, besitzt noch immer Anteile an dem Laden. Dieser Mann wäre nur zu froh über eine Gelegenheit, seine Dankesschuld zu begleichen und Earl einen Gefallen zu tun. Außerdem wäre das nicht einmal ein Gefallen, denn Earl würde ihm ja geschäftlich nützen, indem er ihm einen neuen Star präsentiert.

Sharon ist von diesen Aussichten natürlich völlig hingerissen und geblendet. Ihr schlummernder Ehrgeiz erwacht. Noch einmal eine Chance zu bekommen – und diesmal eine echte Chance –, die Träume, die sie auf der Carter Ranch geträumt hatte, wahr werden zu lassen! Vielleicht hat Earl ja recht. Vielleicht ist sie sich selbst gegenüber nicht fair gewesen.

War es womöglich nur Schwäche, die sie zu der Überzeugung brachte, daß aus ihr nie eine Sängerin werden würde? Hat sie sich nicht zu schnell geschlagen gegeben?

Aber dann zögert sie. Nein, das ist doch bloß ein Traum. Sie hat sich entschieden. Sie liebt Jakob, und der Rest ihres Lebens gehört ihm. Wenn man etwas unbedingt will, dann muß man immer Opfer bringen.

»Aber woher wissen Sie denn überhaupt«, sagt Earl, »daß Jakob dagegen wäre? Ich könnte mir denken, daß er sich wie ein Schneekönig darüber freuen würde.«

»Ich würde ihn nicht einmal fragen«, antwortet Sharon entschieden. »Das wäre nicht fair.«

»Wieso denn nicht?«

»Na, stellen Sie sich nur mal vor, Sie hätten recht. Stellen Sie sich vor, ich hätte Erfolg. Das würde doch sein ganzes Leben ruinieren.«

»Das sehe ich nicht so. Sie könnten doch sofort heiraten.«

»Können Sie sich das vorstellen: Jakob mit einer Sängerin verheiratet? Jakob, der bei mir in der Garderobe herumhängt? Jakob, der mich auf Partys begleitet? Nein, da wäre er doch todunglücklich.«

»Und Sie, wären Sie etwa nicht todunglücklich«, fragt Earl mit einer gewissen Grausamkeit, »wenn Sie Kühe melken und Hühner füttern müßten?«

Sharon sieht schnell weg. »Zumindest wäre ich dann mit Jakob zusammen«, sagt sie schließlich.

»Beim Füttern der Schweine mit Abfall?« fährt Earl, sadistisch stichelnd, unbeirrt fort.

»Wenn er das so will«, sagt Sharon fest.

»Aber Sharon, das *könnte* er doch gar nicht wollen. Er kann Sie doch nicht unglücklich machen wollen. Ich weiß jedenfalls genau, daß ich … daß ich nie so etwas von Ihnen verlangen würde.«

Sie sind drauf und dran, Jakob zu kritisieren, aber Sharon merkt es kaum.

»Earl«, sagt sie sanft, »Sie verstehen einfach nicht, wie das ist. Das Mädchen, das Sie einmal heiraten, wird wahrscheinlich auch dasselbe wollen wie Sie.«

»Und wenn sie das nicht will«, sagt Earl störrisch, »dann wäre ich derjenige, der nachgeben würde. Ein Mann muß ein Mädchen doch glücklich machen.«

Sharon schweigt. Insgeheim vergleicht sie die beiden Männer miteinander. Earl ist natürlich verwöhnt und verhätschelt worden, aber man scheint wirklich gut mit ihm auskommen zu können. Jakob andererseits wirkt zwar immer sehr sanftmütig, hat jedoch etwas Unnachgiebiges und Unabhängiges an sich. Er ist immer seine eigenen Wege gegangen. Vielleicht ist das der Grund, weshalb sie ihn liebt.

Earl beobachtet ihre Reaktionen und nutzt seinen Vorteil. »Natürlich«, fährt er fort, »könnte ich gut verstehen, daß Sie irgendwann einmal auf einer Ranch leben wollen, später, wenn Sie Karriere gemacht und Erfolg gehabt haben. Dann wüßten Sie genau, daß Sie nichts versäumt haben. Sie wären nicht unglücklich, Sie brauchten nichts zu bereuen. Warum können Sie beide denn keine Abmachung treffen? Sie bekommen Ihre Chance im *Star and Gar-*

ter und tun erst einmal das, was *Sie* wollen. Und danach kommt Jakob an die Reihe.«

»Ich würde ihn nie fragen«, wiederholt Sharon entschieden. »Das wäre nicht fair.«

»Meinen Sie denn, es wäre fair, ihn *nicht* zu fragen? Und wenn er später davon erfährt? Würde er sich dann nicht wie ein Schuft vorkommen?« Earl blickt den Strand hinunter. Jakob kommt zurück. »Wie wär's, wenn wir ihn selbst entscheiden lassen?«

»Nein, Earl! Sie werden darüber kein Wort verlieren!«

»Wieso denn nicht?«

»Versprechen Sie mir das bitte!« Sharon ist völlig verzweifelt. »Versprechen Sie's mir!«

Aber Earl lacht nur lausbubenhaft.

Jakob stößt wieder zu ihnen.

»Sharon und ich haben uns gerade unterhalten«, sagt Earl zu ihm, wobei seine Augen verschmitzt glitzern. »Sie möchte dir etwas sagen.«

»Earl!« ruft Sharon vorwurfsvoll aus.

»Was ist es denn?« fragt Jakob und blickt lächelnd von einem zum anderen.

Nichts – Earl hat nur Spaß gemacht.«

»Okay«, sagt Earl, »wenn sie es dir nicht sagen will, dann werde ich's eben tun ...« Und er schildert seinen Plan in den leuchtendsten Farben. Zuerst protestiert Sharon schwach. Dann schweigt sie.

»Na, was hältst du davon?« fragt Earl, als er fertig ist.

»Also«, sagt Jakob begeistert, »ich finde die Idee wunderbar!«

»Sehen Sie?« Triumphierend wendet sich Earl Sharon zu.

»Aber Jakob«, fragt Sharon besorgt und ein klein wenig enttäuscht nach, »du meinst wirklich, es würde dir nichts ausmachen?«

»Warum sollte es mir denn etwas ausmachen?«

»Na, schließlich könnte es – es könnte doch zunächst mal unsere Pläne durcheinanderbringen, das heißt ...«

»Aber Sharon«, sagt Jakob unschuldig, »es ist doch genau das, was du dir immer gewünscht hast, oder?«

»Ja, aber –«

»Na also, dann bin ich dafür, daß du es auch tust.«

Sharon sucht in seinem Gesicht nach irgendeinem Anzeichen von Enttäuschung, kann jedoch keines finden. Wenn Jakob mehr empfindet, als er zugibt, dann zeigt er es jedenfalls nicht. Und schon ist Sharon für den Plan gewonnen. In ihrer Phantasie malt sie sich alle möglichen Bilder von einer wunderbaren Zukunft aus, die sich ihr plötzlich zu eröffnen scheint.

Earl seinerseits ist hocherfreut. Machtverliebt wie seine Mutter, bereitet es ihm großes Vergnügen, in das Leben seiner beiden Freunde einzugreifen. Er kommt sich vor wie die personifizierte gütige Vorsehung.

»Ihr beiden braucht euch überhaupt keine Sorgen zu machen«, erklärt er ihnen. »Alles wird so werden, wie ihr es euch wünscht. Überlaßt nur alles mir.«

*

Und tatsächlich, noch nicht einmal einen Monat später sitzen Jakob und Earl im Parkett des *Star and Garter* und warten auf Sharons ersten Auftritt.

Für Sharon ist die letzte Zeit sehr hektisch gewesen: Proben, Anproben, Aufnahmetermine für Werbefotos und noch mehr Proben. Die beiden Männer haben sie kaum zu Gesicht bekommen. Jakob hat gewiß tagaus, tagein an sie gedacht. Aber es ist Earl, der ihr konkretere Aufmerksamkeiten zukommen läßt: jeden Tag Blumen mit beigefügtem Grußkärtchen sowie Telefonanrufe. Jakob ist im Umgang mit dem Telefon unbeholfen, und so ist es Earl, der sie über seine verschiedenen Tätigkeiten auf dem laufenden gehalten hat. Auf die eine oder andere Art hat Earl es zuwege gebracht, stets in Sharons Gedanken präsent zu sein. Aber schließlich ist er es ja auch, dem sie dieses ganze außergewöhnliche Abenteuer verdankt.

Jakob und Earl tragen beide einen nagelneuen maßgeschneiderten Smoking. Jakob steht dieser Anzug nicht, trotz des tadellosen Schnitts. Earl dagegen scheint sich – obwohl er das erste Mal in seinem Leben Gesellschaftskleidung trägt – vollkommen wohl darin zu fühlen. Schon jetzt betrachtet er den Nachtclub als sein eigentliches Zuhause. Begierig nimmt er alles in sich auf: die Lichter, die Kleider, die schönen Frauen. Dies ist die Welt, von der er in seinem Krankenbett geträumt hat, und jetzt gehört er mit dazu.

Die Show beginnt. Es gibt ein oder zwei Nummern als Vorprogramm, dann ist Sharon an der Reihe. Sie ist die Starattraktion des Abends.

Sie gibt eine durchaus annehmbare Vorstellung. Es ist auch kein spektakulärer Reinfall. Aber irgendwie kommt sie nicht an. Sie ist nichts weiter als ein hübsches Mädchen mit einer guten Stimme. Die Kommentare an den anderen Tischen sind nicht allzu enthusiastisch. Niemand ist sonderlich beeindruckt. Ein oder zwei Gäste wissen, wer Sharon ist, und es fallen die üblichen, leicht böswilligen Bemerkungen. Die Leute blicken flüsternd zu Earl hinüber. Sie sind überrascht, daß der so reiche und gutaussehende Medwin-Erbe sich keine sensationellere Freundin ausgesucht hat.

»Was findet er nur an ihr?« überlegen sich die Frauen ein wenig neidisch. Und dann folgt die unausgesprochene Frage: »Was hat die bloß, was ich nicht habe?« Die Männer sind da nachsichtiger. Sie bewundern zumindest Sharons Gesicht und Figur, verstehen allerdings nicht, warum sie unbedingt singen muß.

Doch als Sharons Auftritt zu Ende ist, gibt es ausreichend Applaus. Der meiste kommt allerdings von Earl und Jakob. Jakob ist der einzige in dem Club, dem überhaupt nicht bewußt ist, daß Sharon keinen triumphalen Erfolg gehabt hat.

Sharon kommt zu ihrem Tisch herüber und wird beglückwünscht. Sie ist etwas bedrückt. Als Earl sie lobt, schüttelt sie den Kopf. »Den anderen hat's nicht gefallen«, sagt sie niedergeschlagen. »Ich war miserabel.«

»Unsinn«, macht Earl ihr Mut. »Sie waren ein bißchen nervös, das ist alles. Morgen abend läuft es bestimmt schon besser.«

Sharon ist sich da nicht so sicher, aber nach und nach steckt er sie mit seiner Zuversicht an. Vielleicht war es wirklich nur Nervosität. Sie ist diese Art von Publikum ja nicht gewöhnt. Allmählich bekommt sie bessere Laune.

Earl ist in Hochform. Seine fröhliche Stimmung tut ihr gut. Schon bald steht ihr Tisch im Mittelpunkt des allgemeinen Interesses. Alle möglichen Leute kommen zu ihnen herüber – angeblich, um Sharon zu gratulieren, in Wirklichkeit jedoch, um sich mit Earl bekanntzumachen.

Die Männer haben verschiedene geschäftliche Motive, sich mit dem jungen Millionär gutzustellen. Die Frauen sind darauf aus, ihn wenn möglich unter die Haube zu kriegen. Earl macht das alles riesigen Spaß. Seine Eitelkeit ist erwacht. Er flirtet und macht witzige Bemerkungen, aber seine Aufmerksamkeit gilt die ganze Zeit über Sharon. In diesem geselligen Kreis behandelt er sie mehr und mehr so, als sei sie tatsächlich, wofür sie jeder hält: seine Freundin. Jakob wird praktisch vollkommen links liegengelassen.

Als ihm das klar wird, bemüht Earl sich, Jakob mit einzubeziehen, ist dabei jedoch nicht besonders freundlich. Earl merkt gar nicht, daß er gemein zu Jakob ist. Das liegt an seiner Hochstimmung und daran, daß er sich derart schnell an seine Umgebung angepaßt hat, daß er sich schon genauso benimmt wie alle anderen reichen jungen Männer der Stadt.

Ohne ihm bewußt übelzuwollen, nutzt er Jakobs Unschuld und Mangel an Lebensart aus, um sich über ihn lustig zu machen, was dazu führt, daß die anderen über ihn lachen. Er kriegt Jakob soweit, zuzugeben, noch nie von einer der anwesenden Filmschauspielerinnen gehört zu haben; und er zitiert Jakobs naive Bemerkungen über das Treiben im Nachtclub, die sich so viel lächerlicher anhören, als sie in Wirklichkeit sind.

Sharon bemerkt das, und zunächst mag sie es gar nicht. Aber Earls gute Laune steckt sie an, und sie beginnt, den gleichen Ton anzuschlagen.

Was Jakob selbst angeht, so ist ihm – der selbst zu keiner Grausamkeit fähig ist – überhaupt nicht klar, wie grausam der Humor der beiden in Wirklichkeit ist. Lächelnd reagiert er auf Earls Witze. Mitten im Gelächter bewahrt er sich jene erstaunliche natürliche Würde, die ihn nie verläßt und die aus seiner Ehrlichkeit und Einfachheit erwächst. Sharon und Earl wirken eher wie zwei kleine Kinder, die über einen Elefanten lachen.

Aber der Lärm und das Licht und das Geschwätz machen Jakob schläfrig, und bald fängt er an zu gähnen. Er könne doch schon nach Hause gehen, schlägt Earl vor; George wird ihn fahren. Earl und Sharon werden später mit einem Taxi nachkommen.

Jakob ist sofort einverstanden. Die beiden amüsieren sich; er nicht. Es kommt ihm nicht in den Sinn, eifersüchtig zu sein.

Auf der Fahrt nach Hause erkundigt sich George, ob sie Spaß gehabt hätten und wie Jakob der Nachtclub gefallen habe.

Jakob antwortet humorvoll und beschreibt den *Star and Garter* auf seine direkte, unaffektierte Art und Weise, wobei er George deutlich macht, daß ihm durchaus bewußt war, daß er dort fehl am Platz gewesen ist.

Dann erzählt er, wie sehr Sharon und Earl sich amüsieren, und berichtet George von Sharons erfolgreichem Auftritt. Er spricht mit selbstloser Freude von ihrem Glück, aber in seinen Worten klingt eine leise Wehmut an. Wieder einmal ist ihm die tiefe Kluft, die zwischen ihm und Sharon besteht, bewußt gemacht worden. Sie gehören zwei verschiedenen Welten an.

George bleibt das nicht verborgen. Er ist zu taktvoll, um sein Mitgefühl auszudrücken, aber man spürt, daß sich ein tiefes Verständnis zwischen den beiden Männern zu entwickeln beginnt. Es gibt zwischen ihnen eine grundlegende Gemeinsamkeit: Beide sind einfach und ehrlich. Und beide fühlen sich, wenn auch aus unterschiedlichen Gründen, einsam und ausgeschlossen.

George wechselt das Thema und stellt Jakob Fragen über die Wüste. Er hat der Stadt schon immer den Rücken kehren und in einer Atmosphäre leben wollen, wo Rassen- und Klassenunterschiede bedeutungslos sind. Jakob beschreibt die Schönheit der Mojavewüste, und wieder wird deutlich, wie wenig ihm seine gegenwärtige Umgebung behagt. Als sie an dem Medwinschen Anwesen angekommen sind, sagen sich die beiden wie zwei alte Freunde gute Nacht.

*

Währenddessen amüsieren sich Sharon und Earl im *Star and Garter* blendend. Instinktiv fühlen sie sich, nachdem Jakob gegangen ist, viel freier. Sie sind fast gleich alt, aber in Earls Gesellschaft wirkt Sharon jünger und unbeschwerter. Jetzt, da sie ihren Auftritt hinter sich hat, schlägt sie vor, ihm das Tanzen beizubringen. Earl stellt sich als ein erstaunlich begabter Schüler heraus. Solche Dinge fallen ihm leicht.

Da zu dieser Zeit die Prohibition herrscht, bringen die männlichen Gäste ihren eigenen Alkohol in Taschenflaschen mit. Der Club stellt zum Mixen ein aus Mineralwasser oder Ginger Ale bestehendes »Gedeck« zur Verfügung, wofür horrende Preise verlangt werden.

Earl hat natürlich keine Taschenflasche dabei, aber viele seiner neuen Bekanntschaften bieten ihm bereitwillig ihre eigene an. Sharon hat eine kurze mütterliche Anwandlung und erinnert ihn an sein Herz. Sollte er nicht lieber vorsichtig sein? Aber Earl tut ihre Bedenken mit einem Lachen ab. Sein Herz ist jetzt genauso gesund wie das anderer Leute auch. Und außerdem: was soll's, man lebt schließlich nur einmal. Er ist so selbstsicher, daß Sharon nachgeben und einen Drink mit ihm nehmen muß. Aber ihre Besorgnis entzückt Earl. Er drückt ihr die Hand und erzählt ihr, sie sei das prächtigste Mädchen auf der Welt.

Es ist schon sehr spät, als sie schließlich in ein Taxi steigen, um nach Hause zu fahren. Beide haben sich mehrere Drinks genehmigt und lachen ununterbrochen. Es sei ein wundervoller Abend gewesen, erklärt Earl. Er habe ja gar nicht gewußt, daß man so viel Spaß haben könne. Und dies sei erst der Anfang. Es würde noch viele solcher Abende geben.

Plötzlich nimmt er Sharon in die Arme und küßt sie. Erschrocken macht sie sich von ihm los.

»Earl, sind Sie verrückt?«

Earl lacht fröhlich. »Wahrscheinlich – verrückt nach dir.«

Aber Sharon hat einen mächtigen Schreck bekommen. Sie hat es zugelassen, daß die Situation im Verlauf des Abends eskalierte, ohne daran zu denken, wo dies hinführen würde. Vielleicht hat sie auch gar nicht daran denken wollen. Jedenfalls, gesteht sie sich ein, hat sie Earl in jeder Hinsicht ermuntert. Es ist ebensogut ihre Schuld wie seine. Sehr ernst fragt sie:

»Haben Sie denn Jakob ganz vergessen? Wie würden Sie sich fühlen, wenn er Sie jetzt gerade gesehen hätte?«

»Er hat mich aber nicht gesehen«, lacht Earl. Und dann, in verändertem Tonfall: »Sei doch nicht kindisch, Baby. Was ist denn an einem Küßchen so schlimm?«

Er benimmt sich so sehr wie ein ungezogener kleiner Junge, daß Sharon das Gefühl bekommt, eine Lappalie unnötig aufgebauscht zu haben. Schließlich hat sie schon öfter einen Kuß bekommen. Das *Main Street Art Theater* ist nicht gerade ein Kloster gewesen. Und Earl ist solch ein Kindskopf. Sie lächelt ihn an.

Earl nutzt die günstige Gelegenheit und verlangt noch einen – nur einen – weiteren Kuß, bevor sie an Sharons Hotel ankommen, »einen Gutenachtkuß«. Nach längerem Geplänkel küßt ihn Sharon auf die Wange und gebietet ihm dann energisch Einhalt, als er in einem plötzlichen Impuls versucht, sie an sich zu reißen und etwas Drastischeres zu versuchen.

»Ich werde nie mehr mit Ihnen ausgehen«, sagt sie zum Scherz, »wenn Sie nicht versprechen, sich anständig zu betragen.«

Sharon geht an diesem Abend mit gemischten Gefühlen zu Bett. Sie versucht sich einzureden, daß nichts Ernstes passiert ist. Während ihres Engagements am *Art Theater* hatte sie mit viel unsittlicheren Anträgen fertig werden müssen. Eigentlich hat die Sache heute abend überhaupt nichts zu bedeuten. Aber trotzdem fühlt sie sich, wenn sie an Jakob denkt, schuldig. Vielleicht wird sie ihm morgen alles erzählen. Vielleicht aber auch nicht. Möglicherweise würde er es gar nicht verstehen. Earl ist ein netter Junge. Ein harmloses Kind. Und er sieht so gut aus. Und hat so eine schwere Zeit hinter sich. Kein Wunder, daß er sich jetzt, wo er gesund ist, ein bißchen amüsieren will. Und ich verdanke ihm so viel, denkt Sharon. Sie blickt sich in ihrem komfortablen Hotelzimmer um und vergleicht es dann mit dem düsteren Zimmer in der Main Street, das sie mit einem der anderen Mädchen geteilt hat. Vielleicht, überlegt sie, war ich heute abend ungerecht. Jakob würde es ja schließlich nie erfahren.

Earl ist diese Nacht ebenfalls unruhig. Er kommt in einem Zustand großer Erregung nach Hause – teils wegen der Szene mit Sharon, teils wegen des Alkohols, den er getrunken hat –, und als er im Bett liegt, kann er nicht einschlafen. Sein Herz beginnt verrückt zu spielen (die musikalische Untermalung kann dies wirkungsvoll hervorheben), und es ergreift ihn ein wachsendes Unbehagen. Er schaut ständig zum französischen Fenster hinüber, man merkt, daß seine alten Ängste zurückkehren.

Schließlich klettert er aus dem Bett; er zittert vor Angst, versucht jedoch krampfhaft, sich zusammenzureißen. Er geht zum Fenster. Dort ist natürlich nichts.

Beruhigt legt er sich wieder hin und fällt schließlich in einen unruhigen Schlaf.

Plötzlich fährt er mit einem panischen Schrei im Bett auf. Verzweifelt tastet er nach dem Lichtschalter und der Klingel, die ihn mit Jakobs Zimmer verbindet.

Einen Augenblick später steht Jakob neben ihm. Voller Angst stößt Earl hervor:

»Jakob, ich dachte – ich dachte, es sei wieder da – draußen vor dem Fenster.«

Jakob beruhigt ihn. Draußen ist nichts. Er kann ja selbst nachsehen. »Wir haben es doch verscheucht, nicht wahr?«

»Stimmt«, pflichtet Earl ihm bei. »Wir haben es verscheucht.«

Aber er ist noch immer unruhig. Liebevoll und aufmerksam blickt Jakob ihm ins Gesicht und fragt: »Was haben Sie denn, Earl? Sie haben doch etwas, das sehe ich doch.«

Earl beteuert, daß er nichts hat. Er hat einen wundervollen Abend verlebt. Man merkt, daß er einer Antwort ausweicht. Jetzt gibt es zum ersten Mal, seit sie sich kennen, etwas, was er Jakob nicht erzählen kann.

Aber Jakobs Anwesenheit übt einen besänftigenden Einfluß auf ihn aus und so beruhigt er sich allmählich. Bald darauf schläft er friedlich.

Leise verläßt Jakob das Zimmer.

*

Mehrere Wochen sind vergangen. Im Haus der Medwins findet eine Party statt. Es herrscht eine vollkommen andere Atmosphäre als bei der Party im Nachtclub. Heute ist Jakobs Geburtstag. Und Earl und Sharon haben sich – vielleicht, weil sie beide ein ziemlich schlechtes Gewissen haben – zusammengetan, damit die Feier ein Erfolg wird. Sie hatten Jakob gefragt, was er am liebsten machen würde, und seine Antwort war gewesen, alle Kinder des Personals zu einem Geburtstagsessen einzuladen.

Die dunkelhäutigen Söhne und Töchter, Neffen und Nichten der farbigen Hausangestellten, die vier oder fünf weißen Kinder und die beiden kleinen Enkelinnen des kantonesischen Wäschemanns machen bunte Reihe. Mrs. Medwin hat sich auf ihr Zimmer zurückgezogen, nachdem sie dem Butler strikte Anweisungen gegeben hat, das Tafelsilber unter Verschluß zu halten und aufzupassen, daß nichts kaputtgemacht oder gestohlen wird. Die Kinder veranstalten einen ungeheuren Lärm. Sharon und Earl stürzen sich mit in den Trubel. Earl ist genauso laut wie die Kinder. Jakob macht das Ganze einen Riesenspaß. Alles wirkt fröhlich, harmlos und unschuldig.

Nach dem Essen spielen die Kinder und die drei Erwachsenen Versteck. Sharon versteckt sich in einem Zimmer im ersten Stock. Earl »findet« sie dort. Er hat sie offenkundig beobachtet und auf diese Gelegenheit gewartet.

»Hier, das möchte ich dir gern geben«, sagt er und nimmt etwas aus seiner Tasche. »Jakob braucht schließlich nicht alle Geschenke zu bekommen.«

Es ist eine winzige, mit Diamanten besetzte Armbanduhr.

Sharon ist so entzückt, daß es ihr den Atem verschlägt. Aber sie schüttelt den Kopf. »Earl, du weißt doch genausogut wie ich, daß ich das nicht annehmen kann.«

»Wieso nicht? Gefällt sie dir nicht?«

»Sie ist wunderschön, aber –«

»Aber was?«

»Meine Güte, Earl«, ruft Sharon ärgerlich, »tu doch nicht so unschuldig. Hör endlich auf, dich wie ein Kleinkind zu benehmen. Wir sind schließlich beide erwachsen.«

»Okay«, sagt Earl und sieht sie mit einem eigentümlichen Lächeln an. »Ich kann auch anders.« Und er nimmt sie in die Arme. Diesmal ist es eine leidenschaftliche Umarmung. Einen Augenblick läßt Sharon sich sichtlich darauf ein, ehe sie sich losreißt.

»Ich muß hier raus«, sagt sie, mehr zu sich selbst als zu ihm. »Wir können so nicht weitermachen.«

»Ach nein?« Earl grinst. »Das hast du schon mal gesagt.«

»Ich dachte, du wärst Jakobs Freund«, sagt sie bitter.

Aber Earl geht darauf nicht ein. Er sieht sie hämisch an.

»Ich dachte, du wärst Jakobs Mädchen.«

Sharon stehen vor lauter Empörung und Schuldgefühlen die Tränen in den Augen. »Bei dir komme ich mir so gemein vor. Manchmal hasse ich dich.«

Earls Verhalten ändert sich. »Sei doch nicht so, Sharon. Ist es denn meine Schuld, daß Jakob dir nicht das gibt, was du möchtest?«

»Jakob ist anders.«

»Sicher ist er anders. Jakob will dich in den Himmel heben und bewundern. Ich will dich küssen und in meinen Armen halten.«

»Ich liebe ihn, Earl. Vergiß das nicht.«

»Und mich küßt du gern. Vergiß das bitte auch nicht.«

Sharon kann es nicht leugnen. »Wir dürfen uns nicht mehr treffen«, sagt sie.

Earl lächelt und sagt nichts. Sein Schweigen und ihre eigene Willensschwäche machen ihr Angst.

»Was ist denn auf einmal über dich gekommen, Earl? Ich dachte, du wärst noch ein kleiner Junge. So harmlos –«

»Wahrscheinlich bin ich erwachsen geworden. Das ist alles.«

»Ich gehe jetzt zu Jakob«, sagt Sharon entschieden. »Und ich werde ihm alles erzählen.«

Earl lächelt bloß. Er glaubt ihr nicht. Sie geht auf die Tür zu und verharrt dann unschlüssig.

»Geh doch«, spottet Earl, »und sag ihm, daß ich ein frecher Lümmel bin. Sag ihm, daß du seine Hühner füttern wirst. Sag ihm, daß es mit dem *Star and Garter* vorbei ist. Sag ihm, daß du keine schönen

Kleider mehr haben willst, keinen Schmuck, keinen Spaß –«

Sharon bricht in Tränen aus. Earl legt seine Arme um sie. Sie macht sich los und öffnet die Tür.

Draußen hört man den Schrei eines Kindes und dann lautes Weinen und allgemeinen Tumult. Sharon läuft hinaus, gefolgt von Earl, um zu sehen, was passiert ist.

Eins der farbigen Kinder ist beim Hinunterrennen der Treppe gestürzt und hat sich den Knöchel verstaucht. Es ist keine sehr ernsthafte Verletzung, aber das Kind hat Schmerzen und weint und ängstigt sich. Es muß sofort nach Hause gebracht werden und besteht darauf, daß »Onkel Jakob« mitkommt und bei ihm bleibt. Und so findet die Szene zwischen Jakob und Sharon, die jetzt hätte folgen können, nie statt.

Die Party nimmt ein jähes Ende, man verabschiedet sich eilig, und Jakob fährt mit George und den Kindern weg; Sharon und Earl bleiben zurück und blicken ihm nach. Sharons Gesicht ist ein Bild der Unentschlossenheit, des Zweifels, des Schuldbewußtseins und der Bestürzung.

Teil Sechs

Am nächsten Morgen hat Sharon eine Unterredung mit dem Geschäftsführer des *Star and Garter.* Die Sache ist dem Mann sichtlich peinlich. Er hat Sharon zu sich gebeten, da er gewisse Programmänderungen vornehmen will. Er hat eine neue Sängerin, die er als Starattraktion einsetzen möchte. Sharon soll weiterhin auftreten, aber nur noch im Vorprogramm.

Als Sharon entrüstet Protest einlegt, ist er gleich nicht mehr ganz so höflich. Offenbar sind ihm mehrfach Beschwerden und negative Bemerkungen von wichtigen Gästen zu Ohren gekommen. Sharons Singerei gefällt niemandem. Sie ist einfach nicht gut genug. Der Geschäftsführer erinnert sie daran, daß er ihr diese Chance nur gegeben hat, weil er ein sehr guter Freund der Medwins ist und weil Earls Geld hinter ihr gestanden hat. Aber letztendlich hat er ein Geschäft zu führen und seine Gäste zufriedenzustellen. Daß es ihr nicht gelungen ist, gut anzukommen, ist nicht seine Schuld. Sie hat jede erdenkliche Möglichkeit gehabt. Sie hat die besten Startbedingungen bekommen und jede Menge Vorausreklame. Es tut ihm leid, aber so ist es nun einmal. Wenn Earl nicht wäre, läßt er durchblicken, dann würde er sie überhaupt nicht mehr weiterbeschäftigen.

Im ersten Moment ist Sharon so außer sich vor Wut und Enttäuschung, daß sie ihm erklärt, nicht bevorzugt behandelt werden zu wollen. Wenn er tatsächlich dieser Meinung ist, dann wird sie kündigen. Der Geschäftsführer macht keine Anstalten, sie davon abzuhalten. Er ist offensichtlich erleichtert.

Mit den Tränen kämpfend, nimmt Sharon ein Taxi zu den Medwins. Sie trifft Earl zu Hause an. Ihre erste Frage lautet: »Wo ist Jakob?«

Earl erklärt ihr, daß er irgendwo in der Stadt sein muß. Er ist letzte Nacht nicht nach Hause gekommen. Wahrscheinlich wird er im Laufe des Tages zurückkehren.

Sharon beginnt zu weinen. Earl ist reizend und mitfühlend. Er weiß bereits, was passiert ist; der Geschäftsführer hat gerade mit ihm telefoniert, wahrscheinlich weil er Earl die Sache aus seiner Sicht darlegen wollte, bevor Sharon ihm ihre Version erzählte. Earl hat also Zeit gehabt, sich auf diese Szene vorzubereiten, und hat Pläne geschmiedet.

Als sie sich ein wenig beruhigt hat, meint er, sie solle sich keine Sorgen machen. Sie werden schon eine Lösung finden. In der Zwischenzeit wird er sie aufheitern. Er hat eine Überraschung für sie. Hat sie Lust, einen Tag in Nevada zu verbringen? Er hat am Flughafen ein Privatflugzeug gechartert. Der Pilot wird sie nach Las Vegas fliegen, und am Abend können sie wieder zurück sein. Es würde sicher viel Spaß machen.

Sharon reagiert auf seinen Einfall zuerst mit einigem Unwillen, dann aber mit wachsendem Enthusiasmus. Der Vorschlag ist aufregend und betörend und entspricht dem Wunsch nach Verdrängung, von dem man sich nach einer bitteren Enttäuschung stets leiten läßt. Earl besteht darauf, daß sie sich ein paar Drinks genehmige, »um auf andere Gedanken zu kommen«, und schon bald strahlen Sharons Augen, und sie ist bereit für ein kleines Abenteuer. Eine halbe Stunde später befinden sie sich auf dem Weg zum Flughafen.

*

Der Nachmittag und Abend in Las Vegas sind wie ein wilder, knallbunter Traum. Earl gibt sich die allergrößte Mühe, Sharon ihre Enttäuschung vergessen zu machen. Er ist nie lustiger und amüsanter gewesen. Sie spielen Roulette, und Earl gewinnt und gewinnt. Es ist irgendwie lächerlich, daß ein Millionär so viel Glück haben sollte. Sie trinken eine ganze Menge, und Earl besteht darauf, Sharon alle möglichen absurden Geschenke zu machen – indianische Decken, Kopfschmuck, riesige silberne Armreife, Spielzeug, Souvenirs. Sharon lacht und beteuert, daß sie das niemals alles mit zurücknehmen könne; das Flugzeug wäre damit viel zu schwer beladen. Und so verschenkt Earl wieder alles, an irgendwelche Fremden auf der Straße. Schon bald umgibt sie eine lachende, von der ausgelassenen Stimmung des gutaussehenden jungen Paares angezogene Menge.

Später am Abend sitzen sie allein an einem Tisch in der Ecke eines Restaurants. Earl legt seinen Arm um sie, und sie leistet keinen Widerstand.

»Sharon, Liebling«, flüstert er, »warum kann es denn nicht immer so sein? Nur wir beide? Wir haben doch immer soviel Spaß zusammen. Ich weiß, was du sagen wirst – Jakob! Aber Jakob braucht dich nicht so, wie ich dich brauche. Jakob wird nie irgend jemanden brauchen. Er steht mit beiden Füßen auf der Erde. Er geht hin, wo er will, macht, was er will. Ich könnte nie so sein. Ich fühle mich so einsam und bedroht, wenn ich allein bin ...«

Earls Ton wird sehr sanft und bittend. »Sicher, ich weiß, daß Jakob wunderbar ist. Vielleicht ist er eine Art Heiliger oder so etwas. Aber wir beide, wir sind keine Heiligen, und wir werden auch nie welche sein. Wir sind jung, wir mögen beide dieselben Dinge, und wir lachen über dieselben Scherze. Vielleicht empfindest du für mich nicht die gleichen Gefühle wie für Jakob, das würde ich nicht einmal wollen. Du magst mich so, wie ein Mädchen einen Jungen mag. Das ist doch was, oder? Und du magst die Dinge, die man mit Geld kaufen kann. Warum auch nicht? Ich habe Geld, und ich würde es gern für dich ausgeben. Was meinst du, Schätzchen? Darf ich dich ein bißchen verwöhnen?«

Sharon antwortet nicht. Earl rutscht näher an sie heran. Ihr Gesicht wird ernst, nachdenklich.

»Sharon«, flüstert er schmeichelnd, »ich sehne mich so nach dir. Ich muß dich haben. Sag ja, Schätzchen. Bitte sag ja.«

*

Jakob kehrt an diesem Abend erst spät zurück. Er trifft Mrs. Medwin in großer Aufregung an. Earl ist nicht nach Hause gekommen. Er hat niemanden von seinem geplanten Flug nach Nevada informiert. Mrs. Medwin weiß lediglich, daß er mit Sharon irgendwo unterwegs ist. Sie befürchtet einen Autounfall oder eine andere Katastrophe. Aber hauptsächlich ist sie darüber verärgert, daß kein Mensch Rücksicht auf ihre Gefühle nimmt.

»Einfach so wegzufahren, ohne einen Ton zu sagen ... Ich soll mir wohl unbedingt Sorgen machen.«

Je später es wird, desto nervöser wird sie. Sie telefoniert mit der Polizei und den Krankenhäusern in der Stadt. Schließlich zieht sie sich – in einem Zustand der Hysterie, die, wie sie glaubt, durch ihre Angst hervorgerufen wurde, in Wirklichkeit jedoch auf ihre selbstsüchtige Wut zurückzuführen ist – auf ihr Zimmer zurück. Wie kann Earl es wagen, sie so zu behandeln?

Gegen vier Uhr morgens klingelt das Telefon. Ein Ferngespräch für Mr. Ericson, aus Las Vegas.

Sharons Stimme klingt eigenartig, verzweifelt, weit entfernt. »Bist du's, Jakob? Earl hat einen Anfall gehabt ... Der Arzt meint, es sei ernst ... Sein Herz. Er will mit dir sprechen. Er fragt die ganze Zeit nach dir ... Jakob, ich habe solche Angst ... Kannst du sofort herkommen? Wir hatten ein Flugzeug gechartert, das ist jetzt auf dem Rückweg. Ruf am Flughafen an, dort weiß man Bescheid. Es ist alles arrangiert. Und bitte, Jakob, kein Wort von alldem zu Mrs. Medwin. Earl möchte es nicht. Ich erkläre dir alles, wenn du hier bist. Bitte beeil dich, Jakob.«

Mrs. Medwin hat jedoch über ihren Schlafzimmeranschluß jedes Wort mitgehört. Jakob hat kaum aufgelegt, da erscheint sie auch schon auf der Bildfläche, außer sich vor Wut. Sie ist auf alle wütend, einschließlich Jakob, den sie als Komplizen bei der gegen sie gerichteten Verschwörung betrachtet. Aber im Augenblick braucht sie ihn. Sie wird natürlich auf jeden Fall mitkommen. Niemand wird sich zwischen sie und ihren Jungen drängen. »Ich wußte, daß so etwas passieren würde!« schluchzt sie, und es klingt fast triumphierend.

Sie ruft am Flughafen an. Dann verlassen die beiden unverzüglich das Haus.

*

Sharon erwartet sie an der Tür zu Earls Hotelzimmer. Sie sieht sehr blaß aus und hat geweint. Jakobs Blicken weicht sie aus. Schweigend warten die beiden, zusammen mit dem Arzt, vor der Tür, während Mrs. Medwin zu ihrem Sohn hineingeht.

Der junge Mann, der dort auf dem Bett liegt, ist kaum noch als der charmante, beredte, verliebte Earl aus der vorherigen Szene wiederzuerkennen. Selbst die erste Begegnung mit ihm, damals, als Jakob zu den Medwins gebracht wurde, war keine Vorbereitung auf diesen erbarmungswürdigen Anblick. Dieser Herzanfall hat Earls innere Haltung zerbrochen. Er hatte gedacht, er sei geheilt; jetzt hat er aufs neue den Boden unter den Füßen verloren und steht tausend Ängste aus.

Mrs. Medwin stürzt sich voller mütterlicher Gefühle auf ihn.

»Liebling! Jetzt wird alles wieder gut. Mutter ist da, Mutter ist an deiner Seite.«

Aber Earl scheint ihre Anwesenheit kaum zu bemerken.

»Es ist wieder da –«, flüstert er angsterfüllt. Und er starrt auf den sich leicht im Wind bewegenden Vorhang.

Dann sieht man – oder erahnt –, was Earl sich da einbildet. Aus seiner Perspektive scheint der Vorhang die Form einer verhüllten, wankenden Gestalt anzunehmen, die in ihrer Undeutlichkeit unbeschreiblich furchterregend ist. Ein Etwas, das wartend auf der Schwelle zur sichtbaren Welt schwebt. Irgendeine halbverkörperte Angst, die allmählich eine grauenhafte äußere Form annimmt.

»Liebling, das bildest du dir doch alles nur ein. Mach deine Augen zu. Ruh dich aus. Es ist alles in Ordnung. Mutter ist hier«, gurrt Mrs. Medwin mit der Gewißheit dessen, der selber nichts sieht.

»Ich sehe es doch«, beharrt Earl. »Selbst wenn ich die Augen zumache. Dann ist es sogar noch schlimmer.«

Dann fragt er sie, wobei er plötzlich verzweifelt ihren Arm umklammert: »Wo ist Jakob?«

»Er ist hier«, gibt Mrs. Medwin eher widerwillig zu. »Du kannst mit ihm sprechen, wenn es dir bessergeht. Jetzt ist Mutter bei dir.«

»Ich muß jetzt mit ihm sprechen, jetzt gleich.«

»Liebling, ich glaube, du solltest damit besser warten –«

»Hol ihn sofort herein!« verlangt Earl mit solcher Dringlichkeit, daß sie aufsteht und zur Tür geht.

»Sie können einen Augenblick mit ihm sprechen«, sagt sie zu Jakob. »Aber bleiben Sie nicht zu lange, und regen Sie ihn nicht auf.«

Jakob folgt ihr ins Zimmer. Mrs. Medwin, die

nicht gewillt ist, ihre mütterlichen Rechte auch nur eine einzige Sekunde lang abzutreten, hält sich im Hintergrund des Zimmers. Earl bittet sie jedoch, sie allein zu lassen.

»Jakob«, keucht er, »es ist wieder da. Dieses Etwas am Fenster.«

Jakob kniet neben dem Bett nieder. Er legt seine Hand auf Earls Herz. »Das kommt daher, daß Sie es zurückgerufen haben«, erklärt er sanft. »Sie können es auch wieder wegschicken.«

»Wirklich?«

»Natürlich. Sie können es für immer und ewig wegschicken.«

Earl starrt einen Augenblick vor sich hin, wobei sein Gesicht große Schmerzen und Anstrengungen erkennen läßt. »Ich schaffe es nicht«, stöhnt er schließlich. »Es ist immer noch da.«

»So geht es nicht«, sagt Jakob und legt seinen Arm schützend um den verängstigten jungen Mann. »Versuchen Sie nicht, es zu erzwingen. Lassen Sie los. Sie halten es ja fest. Lassen Sie es los. Lassen Sie es los.«

Langsam streicht er mit der Hand über Earls Herz.

Earls angespannte Muskeln beginnen sich zu entspannen. Er sinkt zurück, ruht gelöst in seinem Bett. Sein Gesicht bekommt einen überraschten und freudigen Ausdruck. »Jakob – es ist weg!«

»Na sicher ist es weg. Sie haben es losgelassen.«

»Es war so leicht. Ich hatte ganz vergessen, was du mir gezeigt hast.« Es gelingt ihm zu lächeln. »Eigentlich ist alles so einfach.«

Jakob lächelt ihn an. »Ihre Mutter meinte, wir sollten nicht soviel reden. Sie müssen sich ausruhen.«

Aber irgend etwas macht Earl Sorgen. »Jakob –?«

»Ja?«

»Es gibt noch etwas, was ich dir sagen muß. Jetzt sofort. Ich – ich weiß nicht, wo ich anfangen soll.«

»Kann das denn nicht warten?« fragt Jakob besänftigend.

»Nein.« Earls Aufregung nimmt zu. »Das kann nicht warten. Ich muß es dir unbedingt sagen. Oh, Jakob!« Plötzlich verzieht Earl gequält sein Gesicht. Ein Zucken geht durch seinen Körper. Seine Finger umklammern Jakobs Hände.

»Vergib mir«, stöhnt er. Dann sinkt er erschöpft zurück. Nach geraumer Weile öffnet er die Augen. Er scheint etwas verwundert zu sein, daß Jakob immer noch an seiner Seite ist.

»Was ist passiert?« fragt er.

»Reden Sie jetzt nicht. Entspannen Sie sich. Versuchen Sie loszulassen.«

Einen Augenblick scheint Earl wieder bei vollem Bewußtsein zu sein. Sehr leise und deutlich sagt er: »Ich werde sterben.«

Jakob schweigt. Aus seinem Blick spricht Zärtlichkeit. Plötzlich lächelt Earl ihn an.

»Jakob – und dennoch hast du mich geheilt.«

Jakob hat Tränen in den Augen. Langsam schüttelt er den Kopf.

Aber Earl lächelt noch immer. Auf seinem jetzt ruhigen Gesicht liegt ein Leuchten.

»Du hast mich geheilt. Nicht mein Herz, das ist unwichtig. Du hast mich von meiner Angst geheilt.«

Dann schüttelt ihn ein weiterer, doch schwächerer Anfall. Sein Kopf fällt zurück.

Jakob geht rasch zur Tür und öffnet sie. Mrs. Medwin drängt an ihm vorbei ins Zimmer, gefolgt von dem Arzt und Sharon.

»Earl, Liebling –« Mrs. Medwin fällt neben dem Bett auf die Knie. »Was ist denn? Was ist denn los? Earl – es ist Mutter. So sprich doch mit mir! Liebling, es ist Mutter –« Als ihr schließlich die Wahrheit dämmert, schluchzt sie entsetzt laut los.

Der Arzt beugt sich über das Bett und untersucht Earl kurz. Dann blickt er auf und deutet Jakob und Sharon an, daß es vorbei ist.

Mitten in dieser Szene klopft es an die Tür. Es ist der Hoteldirektor. Er entschuldigt sich vielmals. Er will nicht stören, er möchte nur kurz mit Mrs. Medwin sprechen. Der Arzt bedeutet ihm, daß Mrs. Medwin im Augenblick nicht in der Lage ist, mit irgend jemandem zu sprechen.

Der Hoteldirektor flüstert ihm verwirrt und verlegen zu, daß er die andere Mrs. Medwin meine. Er zeigt auf Sharon.

Mrs. Medwin blickt augenblicklich vom Totenbett auf. Ihr Schluchzen wird von einer noch heftigeren Gefühlsregung unterbrochen.

»Was wollen Sie damit sagen?« fragt sie mit einer für sie unnatürlichen, harten Stimme. »Welche andere Mrs. Medwin? Es gibt keine andere.«

Alle blicken auf Sharon. Nach kurzem Zögern sagt sie tonlos: »Earl und ich haben gestern abend geheiratet.«

Jakob stößt unwillkürlich einen Schrei aus. Sie blickt ihn nicht an. Es herrscht ein tödliches Schweigen im Zimmer.

Dann springt Mrs. Medwin auf. Sie zittert am ganzen Körper, ist vor lauter Wut völlig verwandelt.

»Was für ein Dummkopf ich doch gewesen bin! Ich hätte wissen müssen, daß es dazu kommen würde! Warum habe ich Sie nicht sofort aus dem Haus geworfen, als Sie mir das erste Mal unter die Augen gekommen sind? Ja, jetzt verstehe ich alles! Sie beide haben das Komplott zusammen geschmiedet. Sie haben versucht, mir meinen Liebling wegzunehmen – das einzige, was ich noch auf der Welt hatte. Sie – Sie schmutzige, ordinäre kleine Goldgräberin! Aber es ist Ihnen nicht gelungen. Er ist immer noch mein Junge – und er wird es immer bleiben! Jetzt können Sie ihn mir nicht mehr wegnehmen! Und da ist es mir sogar fast lieber, daß er hier tot vor uns liegt, als daß ich seine Ehe mit Ihnen miterleben müßte!«

Sie wirft sich schluchzend über den Leichnam und schließt ihn verzweifelt in die Arme.

Einen Augenblick lang verharren alle reglos. Dann dreht sich Jakob abrupt um und verläßt mit abgewandtem Gesicht das Zimmer.

Als er schon fast den Treppenkopf erreicht hat, hört er Sharons eindringliche und verzweifelte Stimme hinter sich.

»Jakob!«

Er dreht sich um, macht dann jedoch eine Bewegung, als wolle er weitergehen.

»Jakob! Wo willst du hin?«

Er antwortet nicht. Sharon eilt ihm nach, bekommt seinen Arm zu fassen.

»Jakob, so darfst du nicht gehen! Ich muß mit dir reden.«

Er bleibt stehen und blickt sie das erste Mal direkt an. »Was gibt es denn da noch zu sagen?«

»Ich muß dir das erklären, ich muß es dir irgendwie verständlich machen –«

»Ich glaube, ich verstehe das ganz gut.«

»Nein, das tust du nicht. Du verstehst überhaupt nichts. Earl und ich, wir waren gestern abend beide nicht mehr ganz bei Sinnen. Ich wußte nicht, was ich tat. Es war wie ein Jux – so einfach. Wir brauchten nur zu unterschreiben.« Sharon lacht plötzlich fast hysterisch los. »Mrs. Earl C. Medwin, jun. Bloß einer von Earls Scherzen …«

Sie lacht und schluchzt zugleich.

»Hör auf damit!« sagt Jakob heftig und faßt sie am Handgelenk. Sein scharfer Ton ist wie ein Schlag ins Gesicht. Gehorsam nimmt Sharon sich zusammen.

Nach einer kurzen Pause sagt er, etwas sanfter: »Du hast ihn geliebt, stimmt's?«

»Ich weiß nicht … Nein. Es war nicht das, was *du* Liebe nennen würdest, Jakob. Er war so ein Kindskopf, so voller Leben. Aber es sollte nie soweit kommen. Ich – ich dachte wohl, ich hätte alles unter Kontrolle. Hatte ich aber nicht …«

Jakob sagt nichts.

»Jakob«, beginnt Sharon nach einer Pause zaghaft von neuem, »wir wollten dir nicht weh tun, alle beide nicht.« Sie blickt zu ihm auf. »Glaubst du mir das?«

»Sicher«, antwortet Jakob müde, »ich glaube es dir.«

Er wendet sich von ihr ab und geht langsam die Treppe hinunter.

Sharon steht da und sieht ihm hoffnungslos nach. Sie versucht nicht einmal, ihn aufzuhalten.

*

Ein Jahr später besucht Jakob Earls Grab auf einem großen baumbestandenen Friedhof vor der Stadt. Er legt einen kleinen Blumenstrauß auf die Grabstätte.

Dann bemerkt er ein Eichhörnchen, das von einem nahen Baum heruntergekommen ist. Er holt ein paar Erdnüsse aus der Tasche und lockt das Tier zu sich heran, wobei er ihm mit sanfter Stimme zuredet. Schon bald frißt es ihm aus der Hand und läuft über seine Schultern.

Als er Schritte hinter sich hört, wendet er den Kopf.

Hinter ihm steht Sharon.

Sein Ausruf der Überraschung drückt keine ungetrübte Freude aus. Es wird deutlich, daß es ihn selbst jetzt noch schmerzt, sie wiederzusehen.

»George meinte, ich würde dich heute hier antreffen«, erklärt sie.

»*Mir* hat er nichts gesagt«, erwidert Jakob. »Er hat mir nicht einmal erzählt, daß er überhaupt mit dir gesprochen hat.«

Sharon lächelt. »Ich hatte ihn auch darum gebeten. Ich wollte dich überraschen.«

Sie setzt sich neben ihm ins Gras. Ein Weilchen reden sie im Plauderton und vermeiden jedes gefährliche Thema. Es stellt sich heraus, daß Jakob wieder draußen in der Wüste lebt. Er hat auf einer Ranch eine neue Arbeit gefunden und ist nur für ein paar Tage nach Los Angeles zurückgekehrt, um George und seine Familie zu besuchen. George arbeitet nicht mehr bei den Medwins.

Dann versiegt das Gespräch. Es herrscht langes Schweigen.

»Und du warst«, fragt Sharon zögernd, »die ganze Zeit über allein? Ich meine – hat es denn nie jemand gegeben? Ein Mädchen vielleicht?«

»Es hat nie jemand gegeben«, gibt Jakob kurz zurück.

»Bei mir auch nicht.«

Jakob sagt nichts. Aber er zeigt eine Reaktion.

»Jakob«, sagt Sharon leise, »empfindest du immer noch dieselben Gefühle für mich? Nach allem, was passiert ist?«

»Ist das wichtig?« Jakob sieht sie nicht an.

»Für mich ist es wichtig«, sagt Sharon sanft.

»Wirklich?« Schnell wendet er den Kopf, und auf seinem Gesicht zeigt sich unfreiwillig ein freudiges Lächeln.

»Jakob, wenn du das alles irgendwie vergessen könntest … Nicht sofort, aber vielleicht eines Tages? Und wenn du mich dann immer noch wolltest – das wäre wunderbar!«

»Sharon!« Sein Gesicht strahlt vor Freude.

»Weißt du, Jakob«, fährt Sharon fort und ergreift seine Hand, »ich bin jetzt eine reiche Frau. Ich könnte dir auf alle mögliche Weise helfen. Earl würde das auch wollen, das weiß ich. Wir könnten eine Klinik bauen. Du könntest Patienten aus allen Teilen des Landes haben. Ich würde ständig um dich sein. Vielleicht könnte ich studieren, und wir könnten uns die Arbeit irgendwie teilen.«

Jakobs Gesicht ist während dieser Rede jedoch immer länger geworden.

»Die Medwin-Millionen!« sagt er mit ungewohntem Sarkasmus.

»Jakob, du gibst mir doch keinen Korb? Nur weil es Earls Geld ist? Das wäre doch gar nicht deine Art. Das wäre auch ihm gegenüber nicht fair. Das wäre ja fast so, als wenn du dich rächen wolltest.«

»Nicht weil es Earls Geld ist«, antwortet Jakob langsam und wählt seine Worte mit Bedacht. »Wessen Geld es ist, ist egal. Es ist einfach Geld, das ist alles. Geld führt bloß zu noch mehr Geld und zum Reklamerummel und zum Erfolg, und dann sieht man seinen Namen in der Zeitung. Ich kann das nicht sehr gut erklären, Sharon. Ich weiß nur, daß ich so nicht leben kann. Das würde mir über den Kopf wachsen. Und dabei würden Menschen zu Schaden kommen. Selbst wenn ich einige wenige heilen könnte. Selbst die, die ich heilen könnte. Das Ganze würde zu einer einzigen faustdicken erfolgreichen Lüge werden. Das kann ich nicht, Sharon. Es wäre nicht *richtig*.« Er hält inne. Dann sagt er einfach: »Ich will kein Geld, Sharon, von niemandem. Ich will dich. Nichts weiter. Dich, so wie du auf der Carter Ranch warst.«

Sharon stehen Tränen in den Augen. »Ich – ich fürchte, so bin ich nicht mehr, Jakob.«

»Doch, du bist noch so. Unter der Oberfläche bist du immer noch so. Das kann ich spüren.« Er hält inne. »Komm mit mir, Sharon – wenn du dazu bereit bist. Laß das Geld hier. Das brauchen wir nicht.«

Sharon ist ganz elend und innerlich hin- und hergerissen. Das macht sie zornig und sie ruft aus:

»Mußt du denn immer deinen Willen durchsetzen? Du bist derartig stolz – weißt du das eigentlich? Unter all deiner Sanftmut bist du der stolzeste Mensch, den ich kenne! Warum können wir es denn nicht so machen, wie *ich* es will? Warum können wir nicht sorgenfrei leben, ein schönes Haus und schöne Dinge haben, ohne uns dauernd überlegen zu müssen, wo die nächsten zehn Cents herkommen sollen? Wäre das so unrecht? Willst du wirklich, daß ich mich abschufte, mein gutes Aussehen verliere und häßlich werde? Du mit deinem verdammten Starrsinn und Stolz.«

»Sharon«, sagt Jakob geduldig, »du verstehst mich nicht. Das ist kein Stolz. Wenn wir das Geld behalten würden, dann wären wir nicht mehr wir selbst. Du wärst nicht du. Ich wäre nicht ich. Wir wären die Sklaven dieses Geldes. Willst du das wirklich?«

»Verzeih mir, Jakob.« Sharon empfindet sofort Reue. »Das hätte ich nicht sagen dürfen. Ich habe es nicht so gemeint. Das ist mir herausgerutscht, weil – weil ich aufgeregt bin. Denn es gibt etwas, Jakob, was du noch nicht weißt. Ich hätte es dir gleich sagen sollen, aber irgendwie konnte ich es nicht –« Sie zögert. »Ich habe ein Kind.«

Jakob starrt sie verblüfft an.

»Einen Jungen. Er heißt Charles. Das war Earls zweiter Vorname, weißt du.«

Jakob sagt nichts.

»Ich wollte ihn Jakob nennen«, fährt Sharon fort. »Ich glaube, Earl hätte das gefallen. Aber es hätte«, befangen hält sie vor dem nächsten Wort inne, »Mutter weh getan.«

»Mutter?« wiederholt Jakob verständnislos.

»Mrs. Medwin«, erklärt Sharon mit einem Anflug von Verlegenheit. »Sie hat mich gebeten, sie so zu nennen.«

»Du meinst, sie ist nicht mehr wütend auf dich?«

»Nicht seit sie wußte, daß Charles auf dem Weg war.« Es wird Sharon klar, daß es für Jakob schwierig sein muß, das Ganze zu verstehen. »Sieh mal, Earl war doch alles, was sie hatte. Du weißt ja, was sie für ihn empfand. Na ja, und jetzt gibt es jemanden, der seinen Platz einnehmen kann. Sie will mir helfen, ihn großzuziehen.«

»Und das läßt du zu?«

»Warum denn nicht? Er ist schließlich ihr Enkel.«

»Das läßt du zu«, wiederholt Jakob ungläubig, »nach allem, was sie Earl angetan hat?«

»Jakob, du hast kein Recht, so etwas zu sagen!«

»Aber es stimmt doch, oder?« sagt Jakob freiheraus. »Willst du denn, daß dein Sohn verhätschelt und verwöhnt wird? Willst du, daß er in Watte gepackt aufwächst? Willst du, daß seine ganze Kraft aus ihm herausgesogen wird, bevor er zum Mann geworden ist?«

»Ich werde schon aufpassen, daß das nicht passiert. Immerhin wird er eine vorzügliche Ausbildung erhalten, Jakob. Von allem das Beste.«

»Lauter vornehmes Zeug«, sagt Jakob höhnisch. »Damit er lernt, wie er sein Geld verschwenden kann.«

»Du brauchst nicht gleich über Schulausbildung zu spotten«, ruft Sharon in heftigem Ton, »bloß weil du selbst nie eine gehabt hast.«

Aber das Thema ist Jakob viel zu ernst, um sich durch einen Streit davon abbringen zu lassen. »Sharon, wir müssen dieses Kind allein großziehen. Earl zuliebe. Verstehst du das nicht? Wir *müssen* es tun. Wir ziehen mit ihm irgendwohin, in die Wüste oder in die Berge, wo er von lebenden Dingen umgeben ist. Nicht von toten. Nicht von Stühlen und Tischen und Autos. Wir werden für ihn arbeiten. Selbstverständlich wird er zur Schule gehen. Er soll von allen Kindern im ganzen Land die beste Schulbildung erhalten. Aber keine Extratouren. Kein vornehmes Zeug. Mein Gott, ich freue mich über das Kind, Sharon! Da haben wir etwas, wofür wir leben können.«

Sharon sieht ihn die ganze Zeit über an. Einen Augenblick lang erhellt sich ihr Gesicht. Dann wird ihr Blick schmerzvoll und traurig. Langsam schüttelt sie den Kopf.

»Es hat keinen Zweck, Jakob. Ich kann das nicht.«

»Wie meinst du das?«

»Ich kann das nicht. Das ist alles. Was du gesagt hast, hört sich zwar wunderbar an, aber es würde nicht klappen. Denn es geht ja nicht nur um das Kind. Es geht auch um meine bisherige Lebensweise, also Geld zu haben, Kleider, schöne Dinge. Das hat mich verwandelt, Jakob. Ich könnte ohne das alles nicht mehr auskommen.«

»Du meinst«, sagt Jakob dumpf, »mit uns ist alles vorbei?«

Sharon nickt, Tränen in den Augen. »Ich kann deinen Weg nicht einschlagen, Jakob. Und du nicht meinen. Selbst wenn ich es versuchen würde, es hätte keinen Zweck. Das ist mir jetzt klargeworden. Ich würde uns bloß beide unglücklich machen. Ich glaube, es ist am besten, wenn wir jetzt Abschied nehmen.«

»Sharon –« Jakobs Stimme hat einen flehenden Klang, »ich bitte dich nicht meinetwegen darum, aber – ist dir eigentlich klar, was du *dir* da antust? Ist dir klar, was für ein Mensch du in zehn Jahren sein wirst? Ist dir das wirklich klar?«

»Vielleicht ... Aber ich kann es nicht ändern. Ach, Jakob, mach es mir doch nicht noch schwerer. Und – denk ab und zu an mich, ja?«

»Jeden Tag meines Lebens«, sagt Jakob ernst.

»Auf Wiedersehen, Jakob.«

»Auf Wiedersehen, Sharon.«

Sie wendet sich zum Gehen, fast blind vor Tränen.

Dann dreht sie sich noch einmal schluchzend zu ihm um. »Denk an mich, so wie ich damals in der Wüste war. Ich war ja so dumm. Ich hatte keine Ahnung ... Jakob, ich wünschte – ich wünschte, du hättest mich nie geheilt.«

Mit gesenktem Kopf eilt sie die lange Allee entlang.

Jakob steht gramerfüllt da und blickt ihr nach. Die Kamera fährt auf ihn zu, zeigt eine Großaufnahme seines Gesichts, das voller Einsamkeit und Trauer ist.

EPILOG

Die erste Einstellung zeigt Jakobs Gesicht, das Gesicht des Mannes mittleren Alters, den man vom Prolog her kennt. Es ist düster und nachdenklich. Vermutlich sind ihm all die Begebenheiten, die gerade zu sehen waren, mit der Lichtgeschwindigkeit der Erinnerung durch den Kopf geschossen. Denn als er spricht, fährt er dort fort, wo der Prolog aufgehört hat.

»›Stehe auf, nimm dein Bett und wandle‹«, murmelt Jakob, wobei er eher mit sich selbst spricht als mit dem Mann und der Frau, die ihn nicht aus den Augen lassen. »Es gibt viele, die das sagen können ... Aber wie viele wissen, wann es recht ist, das zu sagen? Wie viele wissen, wohin der Kranke geht, wenn er von seinem Krankenbett aufsteht? Wie viele wissen, was die Krankheit bedeutet hat? Den Körper zu heilen ist leicht genug. Aber wie viele können die Seele heilen?«

Die Kamera fährt zurück. Jakob sitzt immer noch mit dem Hund im Schoß auf der Bank. Der Mann und die Frau beobachten ihn schweigend.

»Der Herr sprach: ›Dir sind deine Sünden vergeben.‹ Er hatte die Macht dazu. Er *wußte,* wovon er sprach. Er sah voraus, was mit dem Mann geschehen würde. Deshalb konnte Er das sagen. Ich sage: ›Stehe auf und wandle‹ – und weiß überhaupt nichts. Ich tappe im dunkeln. Vielleicht ist es gut. Vielleicht ist es nicht gut. Ich weiß es nicht. Die Leute sagen, es *müsse* gut sein. Das dachte ich früher auch. Heute bin ich mir da nicht mehr so sicher …«

Es herrscht ein langes Schweigen. Jakobs Hände bewegen sich nicht mehr.

Plötzlich setzt sich der kleine Hund in seinem Schoß auf und bellt laut.

»Sie ist wieder gesund«, stellt Jakob sachlich fest.

»Oh, wie wunderbar«, ruft die Frau und nimmt den Hund auf den Arm. »Topsy, mein Liebling, du bist geheilt! Sieh doch mal, Allan, ist das nicht ein Wunder? Sieh doch mal ihre Augen! Sie ist vollkommen gesund!«

»Am besten geben Sie ihr jetzt was zu fressen«, sagt Jakob in demselben Ton. Und er ruft zu dem Mann mit dem Bienenschleier, der gerade um die Hausecke gekommen ist, hinüber: »Wo haben wir eigentlich die Packung mit dem Hundekuchen hingetan?«

»Ich hab' sie gleich mitgebracht«, antwortet der Mann mit seiner freundlichen Stimme. »Ich hab' mir schon gedacht, daß du sie brauchen wirst.«

Er reicht der Frau die Packung und hebt den Schleier hoch. Es ist George, der ehemalige Chauffeur der Medwins.

»Ich weiß gar nicht, wie wir Ihnen danken sollen«, sagt die Frau überschwenglich zu Jakob. »Was gibt man Ihnen – ich meine, wieviel verlangen Sie denn gewöhnlich dafür?«

»Nichts«, sagt Jakob kurz.

»Nichts? Na, aber sicherlich –«

»Ich mache das nicht für Geld. George und ich verkaufen Eier und Obst. Und wir erledigen, was bei den Nachbarn so an Arbeit anfällt. Wir kommen schon einigermaßen über die Runden – stimmt's, George?«

»Na klar«, grinst George.

»Ja, in dem Fall –« die Frau zögert und nimmt dann in einem plötzlichen Impuls die teuren Blumen ab, die sie am Kleid trägt. »Würden Sie die bitte nehmen?«

Über die Blumen scheint Jakob sich sehr zu freuen. Genüßlich riecht er an ihnen und arrangiert sie sorgfältig in einer leeren Blechbüchse. George trägt sie ins Haus.

»Also, auf Wiedersehen, Mr. Ericson«, sagt die Frau und nimmt ihren Hund wieder auf den Arm. »Und nochmals vielen Dank. Es war wundervoll, Sie kennengelernt zu haben. Falls Topsy nochmal krank wird, dürfen wir sie dann wieder herbringen?«

»Sicher. Jederzeit«, sagt Jakob und schüttelt den beiden die Hand.

Der Mann und die Frau steigen in ihren Wagen und fahren ab.

Jetzt, wo sie wieder allein im Auto sitzen, spürt man, daß sich ihre Stimmung gewandelt hat. Sie sind nicht mehr so nervös und mißgestimmt wie in der früheren Szene. Beide sind nachdenklich. Ihre Gesichter sind entspannt und glücklich.

»Weißt du«, sagt der Mann schließlich, »der Kerl hat irgendwas an sich. Irgendwas Wunderbares. Einfach nur bei ihm zu sein, das hat mir etwas gegeben.«

»Mir auch«, sagt die Frau zustimmend. Sie wirft ihrem Mann einen schnellen Blick zu. »Allan –«

»Ja, Mary?«

»Ich glaube, er hat vielleicht nicht nur Topsy geheilt.«

Ihr Mann lächelt verständnisvoll. »Genau dasselbe habe ich auch gerade gedacht.«

»Liebling, könnten wir nicht vielleicht noch einmal ganz von vorn anfangen? So, wie wir früher waren? Dazu ist es doch nicht zu spät, oder?«

Der Mann lächelt ihr zärtlich zu. Dann legt er einen Arm um sie und zieht sie enger an sich heran.

»Nein«, sagt er, »dazu ist es nicht zu spät.«

Das Auto fährt langsam ins Tal hinab.

Jakob und George stehen Seite an Seite da und blicken ihm nach. Beide lächeln.